KB217281

지킬 박사와 하이드 씨

세계문학의 숲 047

Strange Case of Dr Jekyll and Mr Hyde

지킬 박사와 하이드 씨

로버트 루이스 스티븐슨 지음
권진아 옮김

시공사

일러두기

1. 이 책은 1886년 롱맨스 그린 출판사(Longmans, Green & Co.)에서 출간된 로버트 루이스 스티븐슨(Robert Louis Stevenson)의 《지킬 박사와 하이드 씨(Strange Case of Dr Jekyll and Mr Hyde)》를 우리말로 옮긴 것이다.
2. 번역은 모던 라이브러리 클래식스 판 《로버트 루이스 스티븐슨 단편전집: 지킬 박사와 하이드 씨의 기이한 사례와 아홉 개의 단편(The Complete Stories of Robert Louis Stevenson: Strange Case of Dr. Jekyll and Mr. Hyde and Nineteen Other Tales)》(모던 라이브러리 클래식스 발행, 2002년)을 대본으로 삼았다.
3. 권말에 실린 블라디미르 나보코프(Vladimir Nabokov)의 해설은 1980년 하코트 브레이스 조바노비치 출판사(Harcourt Brace Jovanovich)에서 출간된 《문학강의(Lectures on Literature)》에 실린 〈지킬 박사와 하이드 씨의 기이한 사례(Strange case of Dr Jekyll and Mr Hyde)〉를 저작권자의 허락하에 번역, 게재한 것이다.
4. 본문의 주는 모두 옮긴이 주이다.

차례

문 이야기

변호사 어터슨 씨는 결코 미소 짓는 법이 없는 엄한 인상의 남자였다. 차갑고 과묵하고 서투른 말투에, 감정도 내비치지 않았다. 껑충하고 마른 데다 무미건조하고 따분한 사람이지만 어딘지 매력적인 데가 있었고, 편한 모임에서 와인이 입에 맞을 때면 지극히 인간적인 눈빛을 내보였다. 말로는 전혀 표현하지 않았지만, 저녁 식사 후 이런 표정들은 그의 인간미를 보여주는 무언의 상징과도 같았다. 그리고 평소 행동에서는 그런 면이 더 자주, 분명하게 드러났다. 그는 스스로에겐 금욕적인 사람이었다. 혼자 있을 때는 와인 취향을 억누르고 진을 마셨고, 연극을 좋아하긴 하지만 지난 20년간 극장 문턱을 넘은 적이 없었다. 하지만 다른 사람들에게는 관대하기로 정평이 나 있었다. 그는 악행에 수반되는 고도의 흥분 상태에 대해 때로는 부러움에 가까운 놀라움을 표했고, 어떤 극단적 경우에도 비난하기보다는 도와주는 쪽이었다. "난 카인의 이단이 마음에 들어." 그는 기묘하게 말하곤 했다. "형제가 원한다면 악마에게 가도록 내버려두겠네." 성격이 이렇다 보니 그는 나락에 빠진 사람들이 마지막으로 찾는 평판 좋은 신사이자 그들에게 좋은 영향을 줄 수 있는 최후의 인물이 되기 일쑤였다. 그리고 그런 사람들이 아무리 오래 사무실에서 얼쩡대도 그는 태도 하나 변하지 않았다.

물론 그런 굉장한 일은 어터슨 씨에게는 쉬운 일이었다. 워낙 감정을 드러내지 않는 사람인 데다가 우정조차도 그 비슷한 선량한 관용 정신에 바탕을 두는 것 같았기 때문이다. 운명의 손이 정해주는 친구들을 그대로 받아들이는 게 점잖은 사람들의 특징인데, 이 변호사가 바로 그랬다. 그의 친구들은 모두 친척이거나 아주 오랫동안 알고 지낸 사람들이었다. 그의 애정은 담쟁이덩굴처럼 시간과 함께 자라났고 대상을 가리는 법도 없었다. 먼 친척이자 마을 유지인 리처드 엔필드 씨와 그의 우정 역시 그러했다. 이 두 사람이 서로의 어떤 점에 끌리고 어떤 공통의 화제를 가지고 있는지는 많은 사람들이 궁금해하는 수수께끼였다. 일요 산책 중인 이 둘과 마주친 사람들에 의하면, 그들은 아무 이야기도 나누지 않아 극도로 심심해 보였고 친구가 등장하면 대놓고 안도하며 반색하곤 했다고 한다. 그럼에도 불구하고 두 사람은 이 산책을 최고로 중히 여겨 한 주의 가장 소중

한 일과로 꼽았으며, 아무런 방해 없이 산책을 즐기기 위해 즐거운 자리들을 마다할 뿐만 아니라 업무상 요청마저 거부했다.

그날도 그런 산책을 하던 중, 두 사람은 런던 번화가의 어느 뒷골목으로 들어갔다. 좁고 한갓지지만 주중에는 영업중인 가게들로 북적대는 길이었다. 장사는 다 잘되고 있었지만 다들 경쟁적으로 더 잘하려는 마음에 교태 부리듯 필요 이상의 물품을 늘어놓아, 가로(街路) 양쪽에 늘어선 가게들은 미소 지으며 줄지어 선 여점원들처럼 어서 들어오라는 듯한 분위기를 풍기고 있었다. 통행인들도 상대적으로 없다시피 하고 평상시의 화려한 매력을 감추어두는 일요일에조차 그 거리는 어둑어둑한 이웃과는 대조적으로 숲 속의 불처럼 빛나고 있었고, 새로 칠한 덧문, 반짝반짝 닦인 놋쇠패, 깔끔하고 경쾌한 분위기로 사람들의 마음과 눈길을 즉시 사로잡았다.

동쪽 방향으로 접어드는 왼쪽 길모퉁이 두 번째 집 앞에서 길은 안뜰로 들어가는 입구 때문에 끊겨 있었는데, 바로 그 지점에 불길해 보이는 건물 하나가 박공지붕을 길 위로 불쑥 내밀고 서 있었다. 그 이층집은 창문 하나 없이 아래층엔 문 하나, 위층에는 색 바랜 벽만 있었고, 어느 모로 보나 오랜 세월 지저분하게 방치된 흔적이 역력했다. 초인종도 고리쇠도 없는 문은 칠이 벗어지고 얼룩덜룩했다. 부랑자들은 후미진 구석을 차지하고 판벽널에 성냥불을 그어댔고, 아이들은 계단 위에서 좌판을 벌였고, 학생들은 칼이 잘 드는지 테두리 장식에다 그

어보곤 했다. 하지만 한 세대가 다 가도록 누구도 이 뜨내기들을 쫓아내거나 그 파괴의 흔적들을 고치려 하지 않았다.

길 건너편을 걷고 있던 엔필드 씨와 변호사가 안뜰 입구 맞은편 즈음에 왔을 때, 엔필드 씨가 지팡이를 들어 건물을 가리켰다.

"저 문 눈여겨보신 적 있습니까?" 그의 물음에 상대방이 그렇다고 대답하자, 그는 덧붙였다. "저 문을 보면 굉장히 기이한 이야기가 떠올라요."

"그래?" 어터슨 씨가 약간 달라진 어조로 물었다. "무슨 이야기인가?"

"음." 엔필드 씨가 대답했다. "어디 굉장히 먼 곳에서 이쪽 길로 집에 오고 있을 때였습니다. 칠흑 같은 겨울 새벽 3시쯤이었죠. 시내를 가로질러 가는데 정말이지 가로등 외에는 아무것도 없더라고요. 이 거리 저 거리 사람들은 다 잠들었고, 가도 가도 사열이라도 하듯이 가로등만 켜져 있고 사방은 교회처럼 텅 비어 있었죠. 귀를 있는 대로 쫑긋 세우고 그렇게 가다 보니 결국엔 경찰관 하나라도 좀 봤으면 싶은 마음이 들더군요. 그 순간 갑자기 두 사람이 나타난 겁니다. 한 사람은 빠른 걸음으로 뚜벅뚜벅 동쪽으로 가고 있었고, 다른 하나는 여덟 살에서 열 살 정도 되어 보이는 여자아이였는데 죽어라고 교차로를 달려 내려오고 있었죠. 자연히 두 사람은 길모퉁이에서 부딪혔어요. 그때 끔찍한 일이 벌어진 겁니다. 그 남자가 냉정하게 아이의 몸을 짓밟고는 울부짖는 아이를 길바닥에 그대로 내버려둔 채 가버리는 거예요. 이렇게 들으면 별것 아닌 것 같지만, 직접 보면 정말 끔찍했습니다. 사람이 아니라, 소름 끼치는 크리슈나 신 동상을 보는 기분이었어요. 전 소리를 지르며 달려가 그 남자의 목덜미를 낚아채서 울부짖는 아이가 있는 곳으로 끌고 왔죠. 주위에는 벌써 사람들이 꽤 모여 있더군요. 그자는 태연자약한 태도로 저항도 하지 않았지만, 절 한 번 슬쩍 쳐다보는데 그 눈빛이 어찌나 흉측하던지 마치 달리기라도 한 것처럼 땀이 쏟아지지 뭡니까. 모인 사람들은 아이의 가족이었어요. 곧 의사가 나타났습니다. 아이가 의사를 데려오던 중이었더라고요. 의사 말이 아이 상태는 별로 심하지 않은데 다만 많이 놀랐다고 하더군요. 거기서 이야기가 끝나리라고 생각하실 수도 있겠지만 이상한 일이 하나 있었습니다. 전 첫눈에 그 남자가 혐오스러웠고, 그건 아이의 가족도 마찬가지였습니다. 당연한 일이죠. 하지만 놀라운 건 의사의 반응이었어요. 그는 흔히 보는 평범한 약제상으로, 나이도 성격도 별로 가늠이 안 되고 강한 에든버러 억양에 감정을 보이지 않는 사람이었어요. 그런데 말입니다. 그 의사도 우리와 마찬가지더라고요. 제가 잡아놓은 자를 볼 때마다 얼굴이 허옇게 질리면서 그자를 죽이고 싶어 어쩔 줄 모르더라니까요. 전 그 사람이 무슨 생각을 하는지 알 수 있었어요. 그 사람이 제 심정을 아는 것처럼요. 하지만 죽일 수는 없는 노릇이니 우린 차선을 택했습니다. 우린 그자에게

이 추악한 사건을 자자하게 소문낼 거라고, 그래서 그 이름이 런던 구석구석까지 악취를 풍기게 만들어주겠다고 으름장을 놨죠. 친구나 명예 같은 게 있다면 그것들도 다 잃게 해주겠다고 했습니다. 불같이 쏘아대는 와중에도 우린 최대한 여자들이 그자에게 접근하지 못하게 했어요. 다들 하피*처럼 사납게 흥분해 있었거든요. 그렇게 증오심에 불타는 얼굴들은 처음 봤습니다. 그자는 사람들에게 둘러싸여 있었는데, 제가 보기엔 약간 겁에 질린 것 같기도 했지만, 정말이지 악마처럼 차갑게 불길한 냉소를 띠고 있었습니다. 그가 말하더군요. '이 일로 한몫 보겠다고 작정하신다면, 제가 무슨 도리가 있겠습니까? 하지만 신사라면 소란을 피하고 싶은 법이죠. 액수를 말씀해보세요.' 우린 아이의 가족에게 100파운드를 주라고 압박했습니다. 할 수만 있으면 당연히 빠져나가고 싶었겠지만, 작정하고 위협하는 우리 무리의 기세에 눌려 그자도 굴복하지 않을 수 없었죠. 이제 남은 일은 돈을 가져오는 것뿐이었습니다. 그런데 그자가 우리를 어디로 데려간 줄 아세요? 바로 저 문 앞이었습니다. 그자는 주머니를 뒤져 열쇠를 꺼내 들어가더니 곧 금화 10파운드와 쿠츠 은행** 수표 한 장을 들고 나오더군요. 소지자에게 돈

*처녀의 얼굴에 새의 몸을 한 그리스 신화 속의 괴물로 굶주림에 시달려 허기지고 불쾌한 얼굴을 하고 있다.
**1692년에 설립된 세계에서 가장 오래된 은행 중 하나. 20세기까지 귀족과 젠트리 계급의 어음교환은행이었으며, 현재에도 고객이 되기 위해서는 부동산을 제외한 투자 가능 자산이 적어도 백만 파운드 이상이어야 하는 등 자격 요건이 엄격하다.

을 지불하게 되어 있는 그 수표에는 서명이 되어 있었는데, 그 이름은 말씀 못 드립니다. 그게 이 이야기의 핵심 중 하나긴 하지만요. 신문에도 종종 등장하는, 적어도 굉장히 유명한 이름이었어요. 액수도 대단했지만, 서명은 그 이상의 가치가 있었죠. 그게 진짜이기만 하다면 말입니다. 전 실례를 무릅쓰고 그 사람에게 이 모든 게 영 수상쩍다고, 새벽 4시에 지하실에 들어가서 100파운드에 달하는 타인 명의 수표를 들고 나오는 게 세상에 말이 되냐고 따졌죠. 하지만 그자는 태연자약하게 절 비웃더군요. "걱정 마세요. 은행 문이 열릴 때까지 함께 있다가 직접 수표를 환전해드릴 테니." 그래서 의사 선생과 아이 아버지, 그 친구와 저까지 모두 제 방에서 남은 밤을 보내고, 다음 날 아침 식사 후에 함께 은행에 갔죠. 전 직접 수표를 내밀며 이건 어느 모로 보나 위조수표라고 말했습니다. 그런데 웬걸요. 그 수표가 진짜더라고요."

"쯧쯧." 어터슨 씨가 혀를 찼다.

"변호사님도 저와 같은 생각이시는군요." 엔필드 씨가 말했다. "그래요, 언짢은 이야기죠. 그자는 누구도 엮이고 싶어 하지 않을, 정말이지 저주받아 마땅할 그런 인간이었어요. 그런데 수표 발행자는 점잖기 한량없고 명망도 높은 데다, (설상가상으로) 소위 선행을 행하는 어터슨 씨 과의 사람이란 말입니다. 아마 공갈일 겁니다. 어느 정직한 사람이 젊은 시절 저지른 장난에 터무니없는 대가를 치르고 있는 거죠. 그래서 전 문 달린 저 집을 '공갈의 집'이라고 부릅니다. 물론 그걸로 모든 걸 설명하기엔 턱도 없지만요." 그는 이렇게 덧붙이고는 상념에 빠져들었다.

어터슨 씨의 다소 갑작스러운 질문에 그는 그 상념에서 깨어났다. "그 수표 주인이 거기 사는 건가?"

"그럼직하죠?" 엔필드 씨가 대답했다. "하지만 얼핏 주소를 봤는데, 그 사람은 무슨 광장인가 하는 곳에 살더라고요."

"그런데 자네는 한 번도 저 문 달린 집에 대해서 물어보지 않았고?" 어터슨 씨가 말했다.

"네. 신중하게 행동했습니다." 그는 대답했다. "전 질문이라는 것에 대해 대단히 확고한 의견을 가지고 있습니다. 그건 너무 심판의 날이랑 비슷해요. 질문을 한다는 건 돌을 굴리는 것과 같지요. 당사자는 언덕 위에 가만히 앉아 있어도 돌은 저 멀리 굴러가서 다른 돌들을 또 굴리는 법이거든요. 그러다가 한순간 멀쩡히 자기 집 뒷마당에 있던 (생각지도 않은) 조신한 사람 뒤통수를 후려갈겨서는 그 식구들이 이름을 바꿔야 하는 사태를 만드는 거죠. 암요, 제 원칙은 이겁니다. 퀴어 스트리트* 형국일수록 더 질문을 삼가라."

"탁월한 원칙이군." 변호사가 말했다.

"하지만 직접 조사해보기는 했습니다." 엔필드 씨는 계속해

*주로 재정적 곤경에 처한 사람을 일컫는 표현.

서 말했다. "사실 저 집은 집처럼 보이지도 않죠. 문이라고는 저 문뿐이고, 아주 가끔 나타나는 그 사건의 남자를 제외하면 그 문으로 드나드는 사람도 없습니다. 2층에는 안뜰 쪽으로 창문이 세 개 나 있지만, 아래층에는 하나도 없고요. 창문은 항상 닫혀 있지만 상태는 깨끗해요. 굴뚝에서 보통 때 연기가 나는 걸 보니 누군가 살긴 하나 봅니다. 확신할 순 없지만요. 안뜰을 둘러싸고 건물들이 너무 다닥다닥 붙어 있어서 어느 집이 어느 집인지 딱히 구분도 안 가거든요."

두 사람은 다시 한동안 말없이 산책을 계속했다. 그러다 어터슨 씨가 말했다. "엔필드, 자네 원칙은 훌륭해."

"네, 저도 그렇게 생각합니다." 엔필드가 대답했다.

"그럼에도 불구하고," 변호사가 말을 이었다. "하나 묻고 싶은 게 있네. 아이를 짓밟은 남자의 이름을 묻고 싶어."

"뭐, 별문제 있겠습니까? 하이드라는 이름이었습니다." 엔필드가 말했다.

"음," 어터슨 씨가 말했다. "생김새가 어떻던가?"

"설명하기가 좀 난감해요. 생김새가 어딘가 이상했어요. 불쾌하고, 지독히 혐오스런 그런 거요. 그렇게 역겨운 사람은 처음이었는데, 도무지 이유도 모르겠더군요. 어딘가가 기형인 게 틀림없습니다. 어디라고 딱 집어서 말할 수는 없지만, 그런 인상을 강하게 풍기더라고요. 정말 괴상하게 생겼는데도 뭐가 이상하다고 말할 수가 없어요. 아니, 도무지 모르겠어요. 설명이 안 돼요. 기억이 안 나서가 아닙니다. 맹세코 지금도 눈앞에 선하거든요."

어터슨 씨는 다시 깊은 생각에 잠긴 채 묵묵히 걸었다. "그자가 분명히 열쇠를 사용했나?" 마침내 그가 물었다.

"저……" 엔필드가 깜짝 놀라 당황하며 말했다.

"알고 있네." 어터슨 씨가 말했다. "분명 이상하게 보이겠지. 사실, 내가 다른 한 사람 이름을 묻지 않은 이유는 이미 알고 있기 때문일세. 여보게, 리처드, 자네 이야기는 정확했네. 혹시나 어디 정확치 못한 데가 있으면 지금 바로잡으면 좋고."

"진작 그렇다고 말씀을 하시지 그러셨어요." 상대방은 약간 부루퉁하게 말했다. "하지만 과하다 싶을 정도로 정확하게 말씀드린 겁니다. 그자에게는 열쇠가 있었고, 게다가 아직도 가지고 있어요. 겨우 며칠 전에 열쇠를 쓰는 걸 봤으니까요."

어터슨 씨는 깊은 한숨을 내쉬었지만 아무 말도 하지 않았다. 젊은이가 이내 다시 말했다. "아무 말도 안 하는 게 좋다는 교훈을 또 얻게 되는군요. 부끄럽게도 너무 장황하게 떠들어댔습니다. 이 이야기는 다시 하지 않도록 하죠."

"동감일세." 변호사가 말했다. "그러도록 하세, 리처드."

하이드 씨를 찾아서

어터슨 씨는 우울한 기분으로 혼자 사는 집으로 돌아와 의욕 없이 저녁 식탁에 앉았다. 일요일이면 늘 그는 식사를 마친 후 독서대에 재미없는 신학서를 올려놓고 난롯가에 앉아 읽다가 이웃 교회 시계가 12시를 알리면 차분하고 감사한 마음으로 잠자리에 들곤 했다. 하지만 그날 밤은 식탁을 치우자마자 촛불을 들고 서재로 갔다. 그러고는 금고를 열고 깊숙한 곳에서 지킬 박사의 유언이라고 배서된 봉투를 꺼낸 다음 찌푸린 얼굴로 앉아 그 내용을 살펴봤다. 유서는 자필로 작성되어 있었다. 이왕 만들어진 것이니 맡고 있기는 했지만, 어터슨 씨는 그 유서 작성을 조금도 돕지 않았다. 그 유서는 의학박사이자 법학박사, 왕립학회회원인 헨리 지킬이 사망할 경우 그의 전 재산이 "친구이자 은인인 에드워드 하이드"에게 상속될 뿐만 아니라,

지킬 박사가 "3개월 이상 실종되거나 알 수 없는 이유로 부재할 경우" 전술한 에드워드 하이드가 박사의 식솔들에게 약간의 돈을 지불하는 것 이상의 어떤 부담이나 의무도 없이 즉각 헨리 지킬의 자리를 대신하도록 규정하고 있었다. 이 서류는 오랫동안 변호사의 골칫거리였다. 변호사의 입장에서도, 건전하고 관습적인 삶을 사랑하며 엉뚱함을 점잖지 못하게 여기는 보통 사람의 입장에서도 불쾌한 유서였다. 지금까지 그는 하이드 씨가 누군지 몰랐기 때문에 분노했지만, 이제 갑작스러운 상황 변화로 그가 어떤 사람인지 알게 되었기 때문에 화가 났다. 이름 이외에는 아무것도 몰랐을 때도 충분히 불쾌했는데, 설상가상으로 이제는 그 위에 역겨운 특성들까지 더해졌다. 오랫동안 그의 눈을 어지럽혀온 아른아른하고 실체 없는 안개 속에서 그야말로 명실상부한 악마가 갑자기 뛰쳐나온 것이다.

"미친 짓이라 생각했는데," 그는 기분 나쁜 서류를 금고 안에 다시 넣으며 말했다. "이제는 치욕스러운 일이 될까 두렵군."

그는 촛불을 끄고 외투를 입은 다음 의료의 성채인 캐번디시 광장으로 향했다. 그의 친구 위대한 래니언 박사가 몰려드는 환자들을 받고 있는 집이 거기 있었다. '혹시 래니언이라면 알지도 모르지.' 그는 생각했다.

근엄한 집사가 알아서 맞이해서, 그는 전혀 기다릴 필요 없이 곧장 래니언 박사가 혼자 와인을 마시고 있는 식당으로 안내 받았다. 일치감치 백발이 된 머리에 불그스레한 얼굴을 한 박사는 친절하고 건강하고 말쑥한 신사로, 떠들썩하지만 단호한 태도를 가지고 있었다. 어터슨 씨를 보자 그는 자리에서 벌떡 일어나더니 두 팔 벌려 환영했다. 박사 특유의 다소 과장된 환대였지만, 그건 진심이었다. 두 사람은 중등학교와 대학교를 같이 다닌 오랜 친구로 자신과 상대방을 진심으로 존중했다. 게다가 그런 경우라고 해서 다 그런 건 아니지만, 함께 어울리는 걸 진심으로 좋아하는 친구였다.

약간 담소를 나눈 후 변호사는 마음에서 도무지 떨쳐버릴 수 없는 불쾌한 주제를 끄집어냈다.

"래니언," 그가 말했다. "자네와 내가 헨리 지킬의 친구들 중 가장 오랜 친구겠지?"

"친구들이 좀 젊었으면 좋으련만." 래니언 박사가 키득대며 말했다. "어쨌든 그런 것 같네. 그런데 그게 왜? 그 친구는 요즘 통 보지를 못해서."

"그래?" 어터슨이 말했다. "자네들 둘은 관심사가 같아서 돈독하다고 생각했는데."

"그랬지. 하지만 헨리 지킬의 엉뚱함을 감당할 수 없게 된 지가 벌써 10년도 넘었어. 그 친구는 엇나가기 시작했어, 마음이 말일세. 소위 옛정을 생각해서 관심은 가지고 있지만, 그 친구 거의 본 적이 없어. 그런 비과학적 허튼소리들을 들으면," 박사는 갑자기 흥분해서 얼굴이 벌게지며 덧붙였다. "천하의 다몬과 핀티아스*라도 서로 등을 돌렸을걸."

그가 이렇게 화를 내는 걸 보고 어터슨 씨는 약간 마음을 놓았다. '그저 과학 문제에서 의견 차이가 있는 것뿐이군.' 그는 생각했다. (전도** 문제를 제외하고는) 과학에 대해서는 어떤 열정도 없는 그이기에 심지어 이런 생각까지 했다. '그 문제에 비하면 아무것도 아니지.' 그는 친구가 진정하도록 조금 기다렸다가 여기까지 오게 된 문제를 끄집어냈다. "그의 피후견인을 본 적이 있나? 하이드라고 하던가?" 그가 물었다.

"하이드라고?" 래니언이 되풀이했다. "아니, 전혀 들어본 적 없는데. 한 번도."

변호사는 결국 그 정도의 정보만 가지고 돌아가 커다랗고 캄캄한 침대에서 새벽 햇살이 밝아올 때까지 뒤척거렸다. 수많은 질문에 에워싸인 채 암흑 속에서 헤매느라 마음에 전혀 휴식을 얻지 못한 밤이었다.

바로 인근의 교회 종이 6시를 알렸지만, 그는 여전히 그 문제를 고민하고 있었다. 지금까지는 오로지 지성적 차원에서만 생각했지만, 이제는 상상력도 개입됐다. 아니, 상상에 사로잡혀버렸다. 캄캄한 밤 커튼 친 방에 누워 뒤척이고 있자니, 엔필드의 이야기가 주마등처럼 머릿속을 스쳐 지나갔다. 밤의 도

---

*피타고라스파 철학자들로, 목숨을 건 우정으로 유명하다. 사형을 선고 받은 핀티아스가 죽기 전에 고향을 방문하고 싶다고 하자 다몬이 친구를 대신하여 감옥에 갇혔고, 핀티아스 역시 죽을 것을 알면서 되돌아왔다.
**Conveyancing이 과학 분야에서는 전도(傳導)를 의미하지만 법률 분야에서는 부동산 양도법을 의미하는 단어라는 것을 이용한 유머.

시에 줄지어 선 가로등이, 빠른 걸음으로 걷고 있는 한 남자가, 그리고 병원에 갔다가 집으로 달려가는 아이가 머릿속에 떠오른다. 그리고 두 사람이 마주쳤고, 인간 크리슈나는 아이를 짓밟고는 비명 따윈 안중에도 없이 가버린다. 한편 고급 저택의 방도 하나 보이는데, 거기엔 그의 친구가 잠든 채 누워 꿈속에서 미소를 짓고 있다. 그때 방문이 열리더니 침대 휘장이 휙 젖혀지고 친구가 깨어난다. 보라! 그의 옆에는 모든 권한을 부여받은 자가 서 있다. 심지어 그 고요한 한밤중에도 그는 자리에서 일어나 그자의 명령에 복종해야 한다. 이 두 장면 속의 인물은 밤새 변호사를 괴롭혔다. 한순간 깜빡 졸기라도 하면, 꿈에 그자가 나타나 고요히 잠든 집들 사이를 은밀하게 스쳐 지나갔다. 가로등 켜진 도시의 미로 같은 대로들을 현기증이 날 정도로 빨리, 더 빨리 누비고 다녔고, 온 거리의 모퉁이에서 아이를 짓밟고는 비명 따위 무시하고 가버렸다. 그자의 얼굴은 여전히 알아볼 수도 없었다. 심지어 꿈속에서도 얼굴이 없거나, 있다 해도 눈앞에서 녹아내려 그를 당황하게 만들었다. 그래서 변호사의 마음속에서는 하이드의 실체를 보고 싶다는 강렬한, 거의 통제할 수 없는 호기심이 솟구쳐 올라 급속히 커져만 갔다. 한 번이라도 볼 수만 있다면 그 비밀은 가벼워지고 어쩌면 완전히 풀릴 수도 있을 것 같았다. 비밀스런 일들이란 게 원래 잘 살펴보면 그런 것 아니던가. 그러면 친구의 괴상한 편애이건 속박이건, 나아가 유서에 적힌 기함할 조항의 이유를 알 수 있을 것이다. 적어도 한 번 볼 가치는 있는 얼굴일 것이다. 자비심이라 고는 조금치도 없는 자의 얼굴. 엔필드처럼 감정에 휘둘리지 않는 사람마저 그 얼굴을 한 번 보는 것만으로도 질긴 증오심 을 품게 되는 그런 얼굴이 아닌가.

그때부터 어터슨 변호사는 상가 골목의 그 문을 뻔질나게 찾아가기 시작했다. 영업 개시 전에도, 가게가 북적대는 정오 에도, 드물게는 안개 낀 도시의 달빛 아래서도, 변호사는 인적 이 없는 시간이든 북적대는 시간이든 밤낮을 가리지 않고 자기 자리를 지켰다.

'그자가 하이드 씨라면,' 그는 생각했다. '나는 시크* 씨가 되는 거야.'

마침내 그의 인내는 보답을 받았다. 맑고 건조한 밤이었다. 공기는 얼음장 같았고, 거리는 무도회장 바닥처럼 깨끗했으며, 가로등들은 바람에도 끄떡하지 않고 길 위에 빛과 그림자 무늬 를 수놓고 있었다. 상점들이 문을 닫는 10시쯤이 되자 골목은 한적했고, 사방에서 들려오는 런던의 나지막한 소음에도 불구 하고 사방은 매우 고요했다. 조그만 소리가 멀리까지 울려 퍼 졌고, 집 안에서 나는 소리도 길 양쪽까지 똑똑히 다 들렸다. 누가 그쪽으로 걸어오든 그 기별은 당사자보다 훨씬 앞서 도착 했다. 평소 자리에 몇 분 정도 서 있었을 때, 어터슨 씨는 갑자

*hide and seek(숨바꼭질)의 발음을 이용한 농담.

22

기 괴상하고 가벼운 발소리가 다가오는 걸 느꼈다. 그동안의 야간순찰을 통해 그는 한 사람의 발소리가 내는 기묘한 효과음에는 충분히 익숙해진 터였다. 발소리는 한참 멀리에서도 윙윙거리고 덜거덕대는 도시의 소음을 헤치고 갑자기 툭 튀어나온다. 하지만 오늘은 그 소리가 전례 없이 날카롭고 확실하게 귀에 들어왔다. 그는 강력한 성공의 예감을 품고 안뜰 입구로 몸을 숨겼다.

그 발소리는 빠른 속도로 다가오더니, 길모퉁이를 돌면서는 갑자기 커졌다. 입구에서 지켜보던 변호사는 자신이 상대해야 하는 사람이 어떤 인간인지 곧 볼 수 있었다. 매우 평범한 차림새에 키가 작은 사내였지만, 아직 저 멀리 있는데도 불구하고 어딘지 모르게 강한 반감이 드는 외모였다. 그는 시간을 아끼려고 길을 가로질러 곧장 문을 향해 걸어오더니, 자기 집으로 들어가는 사람처럼 주머니에서 열쇠를 꺼냈다.

어터슨은 한 발짝 앞으로 나와 지나가는 사내의 어깨를 건드렸다. "하이드 씨시죠?"

하이드는 헉하고 숨을 삼키며 몸을 움츠렸다. 하지만 두려워하는 것도 잠시뿐, 비록 변호사의 얼굴을 보지는 않았지만 차분하게 대답했다. "그렇습니다만, 무슨 일이시죠?"

"들어가시려는 걸 봐서요." 변호사가 대답했다. "저는 지킬 박사의 오랜 친구로, 곤트 가에 사는 어터슨이라고 합니다. 제 이름은 들어보셨을 겁니다. 이렇게 만난 김에, 선생을 따라 들어가면 되겠다 생각했죠."

"지킬 박사는 못 만나십니다. 집에 안 계시거든요." 하이드 씨는 열쇠를 후후 불며 대답했다. 그러더니 여전히 고개를 숙인 채 불쑥 물었다. "저는 어떻게 아신 겁니까?"

"선생께 부탁 하나 드려도 될까요?" 어터슨 씨가 말했다.

"기꺼이요." 상대방이 대답했다. "무슨 부탁이신지?"

"얼굴 좀 보여주시겠습니까?"

하이드 씨는 주저하는 듯하더니, 다음 순간 갑자기 무슨 생각이 들었는지 도전적으로 얼굴을 들었다. 두 사람은 몇 초 정도 상대방을 뚫어져라 바라봤다. "이제 다시 뵈어도 알 수 있겠군요." 어터슨 씨가 말했다. "도움이 되겠습니다."

"그러게요." 하이드 씨가 대답했다. "만난 것도 괜찮죠. 그럼 이렇게 된 김에 제 주소도 받으시죠." 그는 소호의 주소를 내밀었다.

'세상에!' 어터슨 씨는 생각했다. '저자도 유언장 생각을 하고 있었단 말인가?' 하지만 그는 아무 내색 없이 그저 주소를 받았다는 표시로 약간 웅얼거리기만 했다.

"자, 이제 말씀해보시죠." 상대방이 말했다. "저를 어떻게 아신 겁니까?"

"들은 인상착의로요." 그는 대답했다.

"누구한테 말입니까?"

"공통의 친구들이 있잖습니까?" 어터슨 씨가 말했다.

"공통의 친구들?" 하이드 씨가 약간 쉰 목소리로 되풀이했다. "그게 누구죠?"

"예를 들자면, 지킬이라거나." 변호사가 말했다.

"그 친구는 당신에게 제 이야기 한 적 없습니다." 하이드 씨가 버럭 화를 내며 소리 질렀다. "당신이 거짓말을 할 줄은 몰랐군요."

"진정하세요." 어터슨 씨가 말했다. "말씀이 지나치시군요."

상대방은 버럭거리다 야비한 웃음을 터뜨리더니, 다음 순간 번개 같은 속도로 문을 열고 집 안으로 들어가버렸다.

변호사는 몹시 당혹스러운 얼굴로 하이드 씨가 사라진 자리에 한참 서 있었다. 이윽고 천천히 거리를 따라 올라가기 시작했지만, 한두 걸음마다 발을 멈추고 혼란에 빠진 사람처럼 손으로 이마를 짚었다. 그가 이렇게 고민하고 있는 문제는 웬만해선 해결되기 힘든 것이었다. 하이드 씨는 창백하고 왜소했고, 기형이라는 인상은 주지만 딱히 어디가 불구라고 짚을 수도 없었다. 미소는 불쾌했고, 변호사를 대하는 자세에는 소심함과 대담함이 흉악하게 뒤섞여 있었으며, 목소리는 거칠고 속삭이는 듯이 작은 데다 약간 갈라져 있었다. 이 모든 게 다 마음에 들지 않았지만, 이걸 다 합친다 해도 어터슨 씨가 그에게 느꼈던 알 수 없는 혐오와 반감, 두려움을 설명할 수는 없었다. "분명 뭔가 다른 게 있어." 혼란에 빠진 신사가 말했다. "뭐라고 말할 수는 없지만, 분명 뭔가 더 있어. 세상에, 저자는 심지어 인간 같지도 않아! 유인원 같다고 할까? 아니면 펠 박사의 옛이야기* 같은 건가? 아니면 육체를 뚫고 발산되어 나와 그 형상을 바꿔놓는 악령의 광휘일까? 그걸 거야. 오, 불쌍한 헨리 지킬. 사람의 얼굴에 사탄의 표시라는 게 있다면, 그게 바로 자네 새 친구 얼굴에 있네."

골목 모퉁이를 돌면 근사한 고택들이 즐비한 광장이 있었다. 지금은 대부분 위세가 떨어져 지도 제작자, 건축업자, 부패한 변호사들, 수상쩍은 사업체 중재인들을 비롯한 온갖 부류의 사람들이 한 층이나 방 하나씩을 세내어 살고 있지만, 모퉁이에서 두 번째 집만은 여전히 한 가구가 온전히 차지하고 있었다. 지금은 부채꼴 채광창에서 새어 나오는 불빛을 제외하고는 어둠에 잠겨 있지만 부유하고 안락한 분위기가 물씬 풍겨나는 그 집 출입문 앞에서 어터슨 씨는 걸음을 멈추고 노크를 했다. 말쑥한 차림새의 초로의 하인이 문을 열었다.

"지킬 박사 안에 계시나, 풀?" 변호사가 물었다.

"알아보겠습니다, 어터슨 씨." 풀이 천장 낮은 홀로 손님을 맞아들이며 말했다. 넓고 안락한 홀은 바닥에는 판석이 깔려 있고, 난방은 (시골 별장 스타일로) 개방형 벽난로를 통해

---

*17세기 옥스퍼드 대학교 크라이스트 처치의 학장 존 펠. 그의 재직 당시 학교에서 제적될 뻔했다 구제받은 톰 브라운이 당시 제적 대신 번역한 로마 시인 마르쿠스 마르티알리스의 풍자시에 바탕해서 쓴 동요 구절 속에 영원히 남았다. "저는 당신이 싫어요, 펠 박사님/ 이유는 알 수 없지만/ 이건 알아요, 너무 잘 알죠/ 저는 당신이 싫어요, 펠 박사님."

이루어지고 있으며, 비싼 오크장들이 비치되어 있었다. "여기 난롯가에서 기다리시겠습니까? 아니면 식당에 불을 켜드릴까요?"

"여기 있겠네, 고맙네." 변호사는 난로 쪽으로 다가가 높다란 난로 울에 몸을 기댔다. 지금 그가 혼자 있는 이 홀은 친구의 총애를 받는 공간으로, 어터슨 자신도 런던에서 가장 쾌적한 방이라고 말하곤 했던 곳이었다. 하지만 오늘 밤은 몸서리가 쳐졌다. 하이드의 얼굴이 기억을 무겁게 짓누르는 바람에 (좀처럼 그런 일이 없건만) 인생에 대해 염증과 혐오가 밀려왔다. 울적한 기분 탓에 윤을 낸 장식장에 깜박거리며 비치는 난롯불과 천장에 너울거리는 불안한 그림자마저 위협적으로 느껴졌다. 부끄럽지만 그는 곧 풀이 돌아와서 안도감을 느꼈다. 지킬 박사는 외출 중이라고 했다.

"하이드 씨가 예전 해부실 문으로 들어가는 걸 봤네, 풀." 그가 말했다. "지킬 박사가 집에 없는데 그래도 되나?"

"괜찮습니다, 어터슨 씨." 하인이 대답했다. "하이드 씨가 열쇠를 가지고 계시니까요."

"자네 주인은 그 젊은이를 굉장히 신뢰하나 보군." 변호사는 생각에 잠긴 채 다시 말했다.

"네, 정말 그렇습니다." 풀이 말했다. "모두 그분께 복종하라는 지시도 받았죠."

"난 하이드 씨를 만난 적이 없는 것 같은데?" 어터슨 씨가 물었다.

"아, 그럼요. 그분은 절대 여기서 식사를 하지 않으시거든요." 집사가 대답했다. "사실 저희도 이쪽에서 그분을 보는 일은 거의 없습니다. 대개 실험실로 드나드시니까요."

"그렇군. 그럼 잘 있게, 풀."

"안녕히 가십시오, 어터슨 씨."

어터슨은 무거운 마음으로 집을 향해 출발했다. '가엾은 헨리 지킬.' 그는 생각했다. '굉장한 곤경에 빠진 것 같아 걱정이로군! 젊었을 때 방탕하게 굴더니만. 물론 오래전 일이지만, 하느님의 법에는 공소시효라는 게 없는 법이지. 그래, 분명 그 때문이야. 과거의 망령, 감춰진 치욕의 암. 기억은 사라지고 자기애로 잘못을 용서한 지도 한참인데, 복수의 신이 절뚝거리며 오다니.' 이런 생각에 겁이 난 변호사는 어쩌다 해묵은 죄가 담긴 도깨비 상자가 불쑥 대명천지에 튀어나오지 않도록 기억의 구석구석을 더듬어가며 한동안 자신의 과거를 돌이켜보았다. 그의 과거는 꽤 흠잡을 데가 없었다. 그보다 걱정 없이 인생의 기록을 읽어나갈 수 있는 사람은 거의 없을 텐데도, 그는 자신이 저지른 수많은 잘못들에 움츠러들며 부끄러워했고, 거의 저지를 뻔했던 수많은 잘못들을 돌이켜보며 가슴을 쓸어내리고 감사했다. 그리고 원래의 주제로 돌아올 때쯤엔 희망의 불꽃을 보았다. '이 하이드라는 자도 잘 살펴보면 틀림없이 비밀이 있을 거야.' 그는 생각했다. '아주 무시무시한 비밀이. 생김새로만 봐도, 그자의 비밀에 견준다면 가엾은 지킬이 품고 있는 최악의 비밀도 오히려 햇살처럼 보일걸. 이런 식이 계속되어선 안 돼. 이자가 도둑처럼 몰래 해리의 침대에 다가간다는 생각만 해도 소름이 끼치는군! 불쌍한 해리, 깨어나면 얼마나 놀라겠나! 위험은 또 어떻고! 이 하이드라는 자가 유언장의 존재를 눈치채기라도 하면 당장이라도 상속을 받으려고 안달을 할지도 몰라. 그래, 전력을 다해야만 해. 지킬이 허락만 해준다면.' 그는 덧붙였다. "지킬이 허락만 해준다면." 다시 한 번 그의 유언장의 그 기이한 항목들의 의미가 훤히 눈앞에 보였다.

평온한 지킬 박사

2주일 후, 마침 운 좋게도 박사가 오랜 친구 대여섯을 초대해서 기분 좋은 저녁 식사 자리를 마련했다. 모두들 지적이고 명망 높으며 와인에 일가견이 있는 사람들이었다. 어터슨 씨는 어찌어찌 핑계를 대서 다른 사람들이 떠난 후에도 자리에 남았다. 사실 예전에도 수십 번은 있었던 일이라 별로 새로울 것도 없었다. 어터슨 씨에게 호감을 가진 사람들은 그를 정말로 좋아했다. 쾌활하고 수다스러운 친구들이 벌써 문지방을 넘은 후에도 주인들은 이 무뚝뚝한 변호사를 더 붙들고 있고 싶어 했다. 그들은 이 점잖은 신사와 잠시 함께 앉아 그 편안한 침묵 속에서 고독을 음미하고 떠들썩한 긴장과 수고에 지친 마음을 차분히 가라앉히길 원했다. 이 점에선 지킬 박사도 예외가 아니었다. 지금 난로 맞은편에 앉아 있는 지킬—그는 크고 건장한 체격에 부드러운 인상을 한 쉰 살의 사내로 약간 의뭉스러운 데가 있긴 해도 어느 모로 보나 능력 있고 친절한 사람이었다 — 의 표정만 봐도 그가 어터슨 씨에게 따뜻하고 진심 어린 애정을 품고 있다는 게 여실히 보였다.

"자네에게 할 말이 있네, 지킬." 상대방이 말을 꺼냈다. "자네 유언장 알지?"

누군가 눈여겨봤다면 그 화제를 달가워하지 않는다는 걸 눈치챘겠지만, 그래도 지킬은 명랑하게 말했다. "이런 가엾은 친구 같으니라고. 나 같은 고객을 만나 고생이구먼. 내 유언장 때문에 자네처럼 고민하는 사람은 처음 보네. 물론 그 고집불통 현학자 래니언도 내 과학이론을 이단이라며 난리를 치긴 하네만, 래니언이 좋은 친구인 건 알아. 인상 쓰지 말게. 탁월하고 언제나 더 보고 싶은 친구야. 그래도 고집불통 현학자라는 건 부정할 수 없어. 무지하고 주제넘은 현학자 같으니라고. 래니언에게만큼 사람에게 실망해본 적이 없네."

"내가 자네 유언장에 찬성하지 않는다는 것 알고 있지?" 어터슨은 새로운 화제를 깡그리 묵살해버리고는 계속해서 이야기했다.

"내 유언장? 그럼, 물론 알다마다." 박사가 살짝 날을 세우며 대답했다. "자네가 그렇게 말했으니까."

"그래, 다시 한 번 말하겠네." 변호사는 계속해서 말했다. "하이드라는 젊은이에 대해 들은 소리가 있어서 그래."

지킬 박사의 크고 잘생긴 얼굴이 순식간에 창백해지더니 입술에서 핏기가 사라지고 눈가마저 퀭해졌다. "그 얘긴 듣고 싶지 않네. 이 문제는 더 이상 거론 않기로 했지 않았나."

"흉칙한 이야기를 들었어." 어터슨이 말했다.

"그래 봐야 달라질 것 없네. 자넨 내 입장을 이해 못 해." 박사는 약간 일관성 없는 태도로 대답했다. "지금 난 극히 곤란한 처지에 있네, 어터슨. 몹시 이상한, 굉장히 이상한 상황이야. 이야기한다고 해결될 수 있는 그런 일이 아니야."

"지킬, 날 알잖나. 난 믿어도 돼. 속 시원히 털어놔보게. 자네가 곤경에서 빠져나올 수 있도록 내 최선을 다하지." 어터슨이 말했다.

"어터슨." 박사가 말했다. "자넨 정말 좋은 친굴세. 정말이지 착한 사람이야. 뭐라고 감사해야 할지 모르겠네. 물론 자네를 전적으로 믿지. 세상 누구보다, 아니, 선택할 수만 있다면 나 자신보다 자네를 더 믿을 거야. 하지만 정말이지 이 일은 자네가 생각하는 그런 게 아니라네. 그렇게 나쁜 것도 아니야. 그러니 마음 편히 가지게. 한 가지는 말해주지. 원하면 난 언제든 하이드 씨에게서 벗어날 수 있어. 장담하겠네. 아무튼 고맙고 또 고마워. 아, 하나만 더 얘기하지. 어터슨, 당연히 이해해주겠지만, 이건 사적인 문제일세. 그러니 부디 상관 말고 내버려두게."

어터슨은 불을 바라보며 잠시 생각에 잠겼다.

"당연히 자네 말이 옳겠지." 마침내 그는 이렇게 말하며 자리에서 일어났다.

"음, 이왕 이야기가 나왔으니 말이야. 그리고 이런 이야기 하는 것도 부디 마지막이길 바라는데." 박사가 계속해서 말했다. "자네가 한 가지는 이해해줬으면 좋겠어. 난 그 가엾은 하이드라는 친구한테 대단히 관심을 갖고 있네. 자네가 그 친구를 만났다는 걸 알아. 그 친구에게 이야기를 들었거든. 무례하게 굴진 않았는지 걱정일세. 아무튼 나는 진심으로 그 젊은이한테 굉장히, 아주 엄청나게 관심이 많아. 그래서 내가 떠나게 된다면, 어터슨, 자네가 부디 그 친구를 좀 참아주고 권리를 찾아주겠다고 약속해주게나. 모든 걸 안다면 자넨 그래 줄 거야. 자네가 그렇게만 약속해주면, 정말이지 내 마음이 홀가분해질 걸세."

"그자를 좋아하게 되는 일은 절대 없을 거야." 변호사가 대답했다.

"그건 바라지도 않네." 지킬은 친구의 팔을 잡고 애원했다. "그저 정당하게만 대해주라는 거야. 내가 없어지면 날 봐서라도 잘 좀 도와주게."

어터슨은 자기도 모르게 한숨을 내쉬었다. "알았네. 약속하지."

커루 살인 사건

약 1년 후인 18××년 10월, 런던은 극악한 범죄의 충격에 휩싸였다. 희생자가 높은 신분이라 더 많은 관심이 쏠렸다. 알려진 정황들은 얼마 안 되지만 실로 경악스러웠다. 강 근처에서 혼자 사는 하녀가 11시경 잠을 자러 위층으로 올라갔다. 새벽에는 안개가 도시를 감싸고 있었지만, 이른 밤에는 구름 한 점 없었고 보름달이 창문 아래 골목길을 훤하게 밝히고 있었다. 하녀는 낭만적 기질이 있었는지 창문 바로 아래 세워둔 상자에 걸터앉아 몽상에 빠졌다. 세상 사람들이 그렇게 사랑스럽고 세상이 그렇게 따뜻해 보인 적은 한 번도 없었다(그때 이야기를 할 때면 그녀는 눈물을 흘리며 이렇게 말하곤 했다). 그렇게 앉아 있다가 문득 훤칠한 백발 노신사가 골목길을 걸어오고 있는 게 보였다. 그리고 아주 왜소한 다른 신사 하나가 노신사를 만

나러 다가오고 있었는데, 처음에는 그 사람에게는 별로 관심을 두지 않았다. 대화를 할 수 있을 정도로 두 사람 사이의 거리가 가까워지자(바로 하녀의 방 바로 밑이었다), 노인은 고개를 숙이며 매우 정중한 태도로 상대에게 말을 걸었다. 대단히 중요한 이야기 같지는 않았다. 사실 손으로 가리키는 걸로 보아 가끔은 그저 길을 묻는 것처럼 보이기도 했다. 하지만 달빛이 노인의 얼굴을 비추고 있었고, 소녀는 그 얼굴을 보는 게 좋았다. 노신사의 얼굴에는 순하고 고풍스러운 따뜻함이 가득 담겨 있으면서도 충분한 만족감에서 나오는 고귀함 같은 것이 배어 나왔다. 곧 그녀의 시선은 상대방에게로 옮겨 갔고, 그 사람이 하이드 씨라는 걸 알아보고는 깜짝 놀랐다. 언젠가 주인댁을 방문한 적 있는데 무척 싫었던 사람이었다. 그는 손에 든 묵직한 지팡이를 만지작거리기만 할 뿐 한 마디도 대답을 하지 않았고, 이야기를 듣는 게 짜증이 나서 안절부절못하는 것 같았다. 그러다 갑자기 화를 버럭 내더니 발을 구르며 (하녀의 묘사에 따르면) 미친놈처럼 지팡이를 휘두르기 시작했다. 노신사는 아연실색해서 약간 기분 상한 표정을 지으며 한 걸음 뒤로 물러났다. 그러자 하이드 씨는 완전히 이성을 잃고 그를 때려 땅에 쓰러뜨렸다. 그러고는 원숭이처럼 광분해서 피해자를 짓밟아 대며 미친 듯이 두드려 패, 급기야는 뼈 부러지는 소리가 들리더니 길바닥에 쓰러진 몸에서 경련이 일어났다. 그 끔찍한 광경과 소리에 하녀는 정신을 잃고 말았다.

2시가 되어서야 하녀는 의식을 되찾고 경찰을 불렀다. 살인자는 도망친 지 오래고, 피해자는 엉망진창으로 난도질당한 채 길 한가운데 쓰러져 있었다. 그 공격에 사용된 지팡이는 아주 귀하고 단단하고 무거운 나무로 만들어졌는데도, 그 극악무도한 잔학 행위를 버티지 못하고 두 동강이 나버렸다. 부서진 반쪽은 근처 배수로에 나뒹굴고 있었고, 나머지 반쪽은 살인자가 들고 간 게 틀림없었다. 희생자에게서는 지갑과 금시계가 발견됐지만, 명함이나 신분증 같은 건 없었고 다만 우표를 붙인 밀봉된 봉투 하나가 나왔다. 우체국에 가는 길이었던 것 같은데, 거기에는 어터슨 씨의 이름과 주소가 적혀 있었다.

편지는 다음 날 아침 변호사가 잠자리에서 일어나기도 전에 전달되었다. 편지를 보고 상황 이야기를 듣자마자 그는 심각하다는 듯 입술을 쭉 내밀었다. "시신을 보기 전에는 아무 말도 할 수 없지만," 그는 말했다. "굉장히 심각한 일일 수도 있습니다. 옷을 입을 때까지 잠시 기다려주시겠습니까?" 그러고는 여전히 심각한 표정으로 서둘러 아침 식사를 마치고는 시신이 보관된 경찰서로 마차를 달렸다. 그는 시체 안치실에 들어가자마자 고개를 끄덕였다.

"네, 아는 사람입니다. 안타깝지만 댄버스 커루 경이군요." 그가 말했다.

"세상에." 경찰이 소리 질렀다. "어떻게 그런 일이?" 다음 순간 그의 눈은 직업적 야심으로 번득였다. "이거 난리가 나겠는데요. 변호사님께서 그자를 잡는 데 도움을 주실 수 있을 것 같습니다만." 그는 하녀의 이야기를 간략하게 전달하고 부러진 지팡이를 보여줬다.

어터슨 씨는 하이드의 이름이 언급된 것만으로도 이미 움찔했지만, 지팡이를 보는 순간 더 이상 의심할 수 없었다. 비록 부러지고 망가졌지만 알아볼 수 있었다. 그 지팡이는 몇 년 전 바로 자신이 헨리 지킬에게 준 선물이었기 때문이다.

"이 하이드라는 자 말입니다, 키가 작습니까?" 그가 물었다.

"하녀 말이, 몹시 작고 몹시 사악한 인상이라고 하더군요." 경찰이 대답했다.

어터슨 씨는 생각에 잠겼다가 고개를 들고 말했다. "저와 같이 마차를 타고 가시면 그자의 집으로 모셔다 드리죠."

그때가 아침 9시경으로, 사방에는 그 계절 들어 내린 첫 안개가 자욱하게 깔려 있었다. 하늘에 초콜릿색 장막이 나지막이 드리워져 있었지만, 바람이 포진한 안개를 끊임없이 몰아대고 있었다. 그래서 마차가 이 거리 저 거리를 구물구물 달리는 동안 어터슨 씨는 경탄스러울 정도로 형형색색 미묘하게 변해가는 박명(薄明)을 지켜봤다. 이쪽에서는 한밤중처럼 어두컴컴했다가, 저쪽에서는 불이라도 난 듯이 번쩍거리는 짙은 갈색으로 빛났고, 또 한순간은 좍 갈라지면서 소용돌이치는 안개 사이로 수척한 햇살이 창처럼 내리꽂혔다. 이렇게 시시각각 변하는 광경 속에서 바라본 소호의 황량한 구역은 진창길과 너저분한 행인들, 한 번도 꺼진 적이 없거나 혹은 다시 침범해온 이 음울한 어둠에 맞서 다시 붉을 밝힌 가로등들까지 더해져 변호사의 눈에 마치 악몽 속 어느 도시의 모습처럼 보였다. 게다가 그의 마음 또한 형언할 수 없이 어두웠다. 동승자를 힐끗 보자, 법과 법집행자들에 대한 두려움이 슬쩍 밀려왔다. 때로는 정직하기 짝이 없는 사람도 몰아세울 수 있는 게 법 아니던가.

마차가 목적지 앞에 멈춰 설 때쯤엔 안개가 약간 걷혀 누추한 거리 풍경이 드러났다. 천박한 술집, 싸구려 프랑스 식당, 연재 탐정 소설과 값싼 식사를 파는 소매상, 문가에 옹기종기 모여 앉은 누더기 차림 아이들, 손에 열쇠를 쥔 채 아침부터 술을 마시러 가는 온갖 국적의 여자들이 모습을 드러냈다가, 다음 순간 암갈색 안개가 다시 내려와 주위의 천박한 환경으로부터 그를 떼어놓았다. 이곳이 헨리 지킬의 총아, 25만 파운드에 달하는 재산의 상속자가 될 사람의 집이었다.

상앗빛 얼굴에 은발의 노파가 문을 열었다. 사악한 인상을 위선으로 포장하고 있었지만, 태도만큼은 나무랄 데가 없었다. 노파는 여기가 하이드 씨 댁이 맞지만, 지금은 출타 중이라고 했다. 그날 밤 굉장히 늦게 들어왔다가 다시 나간 지 한 시간도 안 됐다는 것이었다. 그건 특별한 일도 아닌 것이 원래 습관이 매우 불규칙한 데다 종종 들어오지도 않는다고 했다. 예를 들면, 어제 그를 본 것도 거의 두 달 만의 일이라는 것이다.

"알겠습니다. 그렇다면 방을 좀 봅시다." 변호사의 말에 노파가 있을 수 없는 일이라고 단호하게 나서자, 그는 덧붙였다. "이분이 누군지 말씀드려야겠군요. 런던 경찰청의 뉴커먼 경감이십니다."

노파의 얼굴에 가증스런 환희의 기색이 휙 스쳐 지나갔다. "아, 무슨 곤란한 일이 생겼군요! 무슨 일을 하셨길래요?"

어터슨과 경감은 서로 시선을 교환했다. "인기 있는 사람 같지는 않군요." 경감이 말했다. "자, 부인, 저랑 이 신사분이 방을 살펴봐야겠습니다."

노파를 제외하고는 아무도 없는 집 전체 중 하이드 씨는 두 개의 방만 사용했지만, 이 방들은 호사스럽고 세련되게 꾸며져 있었다. 찬장에는 와인이 그득했고, 식기는 은제품에, 식탁보와 냅킨도 품위가 넘쳤다. 벽에 걸린 그림도 근사했는데, (어터슨이 추측하기론) 그림 보는 데 일가견이 있는 헨리 지킬이 준 선물일 것이다. 카펫도 여러 가닥으로 짠 두꺼운 제품에 색깔도 조화로웠다. 하지만 지금 그 방에는 바로 얼마 전 허둥지둥 뒤진 흔적이 역력히 남아 있었다. 옷들은 주머니가 뒤집힌 채 사방에 널려 있었고, 자물쇠 달린 서랍들도 열린 채 내버려져 있는 데다, 난로에는 닥치는 대로 서류를 태우기라도 한 듯 회색 잿더미가 수북이 쌓여 있었다. 경감이 이 잿더미를 뒤져 타다 만 녹색 수표책 끄트머리를 발굴해냈다. 나머지 지팡이 반쪽은 문 뒤에서 발견됐다. 이로써 혐의를 확정하게 된 경감은 좋아서 어쩔 줄을 몰랐다. 은행에 가서 살인자의 계좌에 수천 파운드의 잔고가 남아 있는 것까지 확인하자 경감의 만족감은 극에 달했다.

"걱정 마십시오, 변호사님." 경감이 어터슨 씨에게 말했다. "놈은 제 손안에 있으니까요. 지팡이를 두고 가다니, 제정신이 아니었나 보네요. 하물며 수표책을 불태우다니. 돈이 생명줄인데 말입니다. 이제 은행에서 녀석을 기다리며 전단만 배포하면 됩니다."

하지만 전단을 만드는 건 쉽지 않았다. 하이드를 아는 사람이 거의 없는 데다가. 심지어 집사 노파조차 그를 두 번밖에 보지 못했기 때문이다. 가족을 찾을 길도 없었고, 사진 한 장 찍은 적이 없었다. 게다가 그의 인상착의를 설명할 수 있는 얼마 안 되는 사람들조차, 목격자들이 흔히 그렇듯이 말이 다 달랐다. 모두의 말이 일치하는 지점은 오직 하나뿐이었다. 바로 도망자에게서 뭐라 표현할 수 없는 기형의 분위기가 풍겼다는 것이다.

편지 사건

오후 늦게 어터슨 변호사는 지킬 박사의 집을 찾았다. 그는 이내 풀의 안내를 받아 주방을 지나고 한때는 정원이었던 안뜰을 가로질러, 대충 실험실 또는 해부실로 알려진 한 건물로 들어갔다. 이 집은 어느 유명 외과의사의 상속자로부터 사들였는데, 박사의 취향이 해부보다는 화학 쪽이라 정원 아래 지하 공간의 용도를 변경했다. 변호사도 이쪽 편으로 친구 집에 들어와본 건 처음이었다. 그는 창문 하나 없는 음침한 건물을 호기심에 찬 눈으로 쳐다보고는, 주위를 유심히 둘러보며 해부수업 교실을 지나갔다. 묘한 불쾌감이 들었다. 한때는 열성적인 학생들로 붐볐을 강의실은 이제 황량하고 고요하기만 했다. 탁자 위에는 화학 기구들이 쌓여 있고, 바닥에는 상자들과 포장용 짚들이 지저분하게 흩어져 있었다. 뿌연 돔을 통해 희미한

빛이 들어왔다. 반대쪽 끝에 있는 계단을 오르자 빨간 모직 천으로 덮인 문이 나타났고, 그 문을 지나면 그제야 박사의 서재가 나왔다. 사방에 유리 책장이 늘어서 있고 전신거울과 업무용 탁자 등의 가구가 놓인 널찍한 방으로, 쇠창살 달린 뿌연 창문 세 개를 통해 안뜰이 내다보였다. 벽난로에는 난롯불이 타고 있었고, 굴뚝 선반엔 등이 하나 켜져 있었다. 집 안에마저 안개가 자욱하게 들어오기 시작했기 때문이었다. 지킬 박사는 따뜻한 난로 옆에 바싹 붙어 앉아 있었는데, 안색이 지독하게 창백했다. 그는 일어나서 손님을 맞이하지도 못하고 그저 차가운 손을 내밀며 쉰 목소리로 인사만 했다.

"그래, 소식은 들었지?" 풀이 방에서 나가자마자 어터슨 씨가 말했다.

박사가 몸서리를 쳤다. "광장이 온통 그 이야기뿐이더군. 난 식당에서 들었네." 그가 대답했다.

"한마디만 하지." 변호사가 말했다. "커루는 내 고객이지만, 그건 자네도 마찬가지야. 상황을 알고 싶네. 설마 그자를 숨겨줄 정도로 돌아버린 건 아니지?"

"어터슨, 신께 맹세컨대," 박사가 외쳤다. "맹세컨대 다시는 그자를 보지 않겠네. 내 명예를 걸고 말하는데, 그자와는 완전히 손을 끊었네. 다 끝났어. 사실 그자도 내 도움을 원치 않아. 그자는 내가 더 잘 알잖나. 그자는 이젠 안전해, 완전히. 장담하네만, 이제 더 이상 그자 소식을 들을 일은 없을 걸세."

변호사는 암담한 심정으로 그 말을 들었다. 친구의 열띤 태도가 영 마음에 들지 않았다. "그자에 대한 확신이 대단한 것 같군." 그는 말했다. "자네를 위해서라도 그 말이 맞기를 바라네. 재판이라도 열리게 되면, 자네 이름도 거론될 테니까."

"내 장담하지." 지킬이 대답했다. "아무에게도 말할 순 없지만 그렇게 확신할 수 있는 근거가 있어서 그래. 하지만 자네가 조언해줘야 할 일이 하나 있네. 그러니까 — 편지를 하나 받았는데, 그걸 경찰에 신고해야 할지 말지 도무지 모르겠어. 그래서 어터슨 자네에게 맡기고 싶네. 자네라면 현명한 판단을 내릴 수 있을 거야. 자넬 믿네."

"그 편지 때문에 그자가 잡힐까 봐 걱정돼서 그러나?" 변호사가 물었다.

"아니야." 상대방이 대답했다. "하이드가 어찌 되든 상관없네. 그자와는 완전히 끝났으니까. 내가 걱정하는 건 내 평판이야. 이 끔찍한 일 때문에 내 이름이 거론되니까."

어터슨은 잠시 생각에 잠겼다. 친구의 이기심이 다소 놀랍긴 했지만 동시에 마음이 놓이기도 했다. "알았네." 마침내 그는 대답했다. "그 편지부터 보여주게."

편지는 괴상하게 또박또박한 필체로 쓰여 있었고, "에드워드 하이드"라고 서명되어 있었다. 간단히 요약하자면, 은인인 지킬 박사가 베풀어준 수많은 은덕에 자신이 오랫동안 너무나 배은망덕하게 굴었으며, 확실한 탈출 방법이 있으니 자신의 안

전에 대해 걱정할 필요 없다는 내용이었다. 변호사는 이 편지가 마음에 들었다. 둘의 친분관계도 그가 생각했던 것보다는 나아 보여서, 과거 자신이 한 의심들이 미안해졌다.

"봉투는 가지고 있나?" 그가 물었다.

"태워버렸네." 지킬이 말했다. "생각도 하기 전에 그래버렸어. 하지만 소인은 없었네. 인편으로 왔거든."

"이 편지를 가져가서 살펴봐도 되겠나?" 어터슨이 물었다.

"자네한테 모든 걸 맡기겠네." 그가 대답했다. "난 스스로를 못 믿게 됐어."

"그럼 생각해보겠네." 변호사가 대답했다. "그리고 하나만 더. 자네 유언장에 있던 실종에 대한 조항 말이야, 그건 하이드가 자네한테 불러준 건가?"

박사는 갑자기 현기증이 밀려오는 듯, 입을 굳게 다물고 고개만 끄덕였다.

"그럴 줄 알았네." 어터슨이 말했다. "자넬 죽일 작정이었던 거야. 큰일 날 뻔 했네."

"난 훨씬 더 중요한 걸 얻었네." 박사는 엄숙하게 대답했다. "바로 교훈이지. 오, 맙소사, 어터슨. 난 정말 뼈저린 교훈을 얻었다네!" 그는 한동안 두 손으로 얼굴을 가렸다.

나오는 길에 변호사는 잠깐 걸음을 멈추고 풀과 몇 마디를 나눴다. "그런데 말이지, 오늘 인편으로 온 편지가 있다고 하던데. 그거 가져온 사람이 어떻게 생겼던가?" 하지만 풀은 우편물로 온 것들밖에 없으며, "그것들도 모두 안내장뿐"이었다고 덧붙였다.

이 새로운 소식에 어터슨은 다시 불안해졌다. 그렇다면 분명 편지는 실험실을 통해 왔거나, 심지어 방 안에서 쓰였을 수도 있다는 말이다. 만약 그렇다면, 이 상황은 다른 판단이 필요하고 더 신중하게 다루어야 한다. 신문팔이 소년들이 길거리를 다니며 목이 쉬도록 외치고 있었다. "호외요! 충격적인 국회의원 살인 사건입니다!" 그 외침은 친구이자 고객이었던 사람의 조사였다. 이제 또 다른 친구의 명예가 추문의 소용돌이에 휩쓸려 들어갈까 봐 걱정이 밀려왔다. 적어도 어려운 결정을 내려야 했다. 그는 원래 독립적인 사람이었지만, 누군가의 조언이 간절해졌다. 직접적으로 조언을 구할 수는 없지만, 넌지시 물어볼 수는 있을 것이다.

잠시 후, 그는 자기 집 난롯가에 앉아 있었다. 맞은편에는 사무장 게스트 씨가 앉아 있었고, 둘 사이에는 난로와 적절한 거리를 두고 와인 한 병이 놓여 있었다. 오랫동안 햇빛을 보지 않고 지하실에 있었던 특별한 와인이었다. 여전히 짙은 안개에 잠긴 도시에서는 가로등 불빛이 석류석처럼 깜박이며 빛났고, 도시의 삶의 행렬은 숨 막히게 주위를 에워싸고 가라앉은 이 구름들을 헤치고 거센 바람 같은 소리를 내며 여전히 도시의 대동맥을 뚫고 달리고 있었다. 하지만 방 안은 난롯불이 있어 아늑했다. 와인 병 속의 신맛은 오래전에 사라졌고, 와인의 자줏빛 또한 더욱 풍부하게 변해가는 스테인드글라스의 색처럼 시간이 흐르며 부드러워졌다. 언덕배기 포도원에 내리쬐던 뜨거운 가을 오후 햇살이 곧 풀려나와 런던의 안개를 흩어놓을 참이었다. 변호사의 마음도 서서히 느긋해졌다. 게스트 씨는 그가 가장 터놓고 비밀을 말할 수 있는 사람이었다. 사실 생각해보면 늘 작정한 것보다 더 많은 비밀을 말하게 되는 것 같았다. 게스트는 종종 업무상 박사의 집에 가기도 했고 풀과도 아는 사이니, 하이드 씨가 그 집 안을 활보하고 다닌다는 소리를 못 들었을 리가 없다. 그가 결론을 낼 수 있을지도 모른다. 그렇다면 그 수수께끼를 풀 편지도 봐야 하지 않겠는가? 무엇보다 게스트는 훌륭한 필체 연구자이자 감정가이니 그 단계를 당연한 일로 받아들이지 않겠는가? 게다가 사무장은 분별 있는 사람이었다. 이렇게 기이한 자료를 읽고 한마디 소견도 안 내놓을 리가 없다. 그 소견을 듣고 나면 어터슨 씨도 향후 계획을 세워볼 수 있을 것이다.

"댄버스 경 일은 정말 안타깝네." 그가 말했다.

"네, 변호사님. 다들 분노하고 있더군요." 게스트가 대답했다. "완전히 미친놈이에요."

"그 문제로 자네 의견을 듣고 싶어." 어터슨이 대답했다. "나한테 그자가 쓴 편지가 있거든. 물론 이건 우리끼리 비밀일세. 그 편지를 어떻게 해야 할지도 모르겠고, 어쨌거나 좋은 일도 아니니 말일세. 하여간 여기 있네. 자네 분야 아닌가, 살인자의 친필 서한."

게스트의 눈이 빛나더니, 곧장 자세를 잡고 열심히 편지를 살펴보았다. "아니, 변호사님." 그가 말했다. "미친 건 아닌데, 필체가 괴상하긴 하군요." 사무장의 첫 논평이었다.

"모든 면에서 괴상한 작자지." 변호사가 덧붙였다.

바로 그때 하인이 쪽지를 들고 들어왔다.

"지킬 박사님에게서 온 겁니까?" 사무장이 물었다. "그분 필체가 익어서요. 사적인 내용입니까?"

"그냥 저녁 초대장일세. 왜? 보고 싶나?"

"잠깐이면 됩니다. 감사합니다." 사무장은 두 종이를 나란히 놓고 꼼꼼히 내용을 비교했다. "고맙습니다." 마침내 그가 편지 두 개를 다 돌려주며 말했다. "굉장히 흥미로운 필체군요."

잠시 침묵이 흘렀고, 그사이 어터슨 씨는 속이 타들어갔다. "왜 편지를 비교했나, 게스트?" 갑자기 그가 질문을 던졌다.

"그게 좀 기묘하게 비슷해서요. 두 필체는 많은 점에서 똑같습니다. 기울기의 정도가 다를 뿐이죠."

"그거 이상하군." 어터슨이 말했다.

"변호사님 말대로, 정말 이상한 일입니다." 게스트가 대답했다.

"이 쪽지에 대해서는 이야기하지 않는 게 좋을 거야." 변호사가 말했다.

"네, 변호사님, 알겠습니다." 사무장이 대답했다.

그날 밤 사무장이 나가자마자 어터슨은 쪽지를 금고에 넣고 잠가버렸다. 쪽지는 앞으로 영원히 거기서 휴식을 취하게 될 것이다. '맙소사!' 그는 생각했다. '헨리 지킬이 살인자를 위해 위조까지 하다니!' 혈관의 피가 얼어붙는 것만 같았다.

래니언 박사의 놀라운 사건

시간이 흘렀다. 수천 파운드의 현상금도 걸렸다. 사람들이 댄 버스 경의 죽음을 공공의 위협으로 여기고 분노했기 때문이다. 하지만 하이드 씨는 마치 존재한 적도 없었던 것처럼 경찰의 시야 밖으로 사라져버렸다. 그의 과거는 있는 대로 파헤쳐졌고, 무정하면서도 광포한 잔학 행위, 혐오스러운 삶, 수상한 패거리, 그의 이력을 온통 둘러싸고 있는 것 같은 증오심에 대해 온갖 흉악한 이야기들이 돌아다녔다. 하지만 그의 행방에 대해서는 속삭임 하나 들리지 않았다. 살인 사건이 벌어지던 날 아침 소호의 집을 떠난 이후 그는 완전히 자취를 감춰버렸다. 시간이 흐르면서 어터슨도 서서히 충격에서 벗어나 안정을 찾기 시작했다. 댄버스 경의 죽음은 하이드 씨가 사라짐으로써 충분히 보상받은 거라고 나름 생각을 정리했다. 그를 압박하던 악마가 사라지자 지킬 박사도 새 삶을 시작했다. 그는 은둔에서 벗어나 다시 친구들과 어울리기 시작했고 다시 그들의 친밀한 손님이자 주최자가 됐다. 자선가로서는 늘 명망이 높던 그였지만 이제는 종교 면에서도 그 못지않게 이름을 날리기 시작했다. 그는 바빴고 야외 활동을 많이 했고 선행을 했다. 내면을 채운 봉사 정신과 조응하기라도 하듯 그의 얼굴도 훤하게 피어나는 것만 같았다. 두 달이 넘도록 박사는 평안했다.

1월 8일, 어터슨은 지킬 박사의 집에서 조촐한 저녁 모임을 가졌다. 래니언도 그 자리에 있었고, 지킬은 세 사람이 떼려야 뗄 수 없는 친구였던 옛 시절처럼 두 사람을 바라봤다. 하지만 12일, 그리고 다시 14일, 지킬은 변호사를 문전에서 거부했다. "박사님께서 두문불출하시면서 아무도 안 만나십니다." 풀이 말했다. 15일에 또 가봤지만 역시 문전박대였다. 지난 두 달 동안 거의 매일 친구를 보는 데 익숙해져 있던 변호사는 다시 시작된 은둔에 마음이 무거워졌다. 닷새째 그는 게스트와 함께 저녁 식사를 했고, 엿새째는 래니언 박사를 찾아갔다.

적어도 그 집에서는 문전박대는 당하지 않았지만, 안으로 들어가 의사의 달라진 외모를 본 어터슨은 크게 충격을 받았다. 사형집행 영장이 붙어 있는 것 같은 얼굴이었다. 혈색 좋던 얼굴은 백지장처럼 창백하고 수척했다. 머리숱도 눈에 띄게 줄고 팍삭 늙어 보였다. 하지만 변호사의 눈길을 끈 건 이 급속한 노화의 징후들이 아니라 마음속 깊이 자리 잡은 공포를 여실히

50

드러내는 의사의 눈빛과 태도였다. 의사는 죽음을 두려워할 사람은 아니었지만, 그래도 어터슨은 그럴 수도 있다고 생각했다. '그래, 의사니까 자신의 상태도, 살날이 얼마 안 남았다는 것도 모를 리가 없지. 그래서 견딜 수 없을 정도로 두려운 걸 거야.' 그러나 어터슨이 얼굴이 안 좋아 보인다고 말하자, 래니언은 담담하게 자기는 살날이 얼마 남지 않았다고 말했다.

"충격 받은 일이 있는데 회복하지 못할 것 같아. 기껏해야 몇 주 정도 남았으려나. 뭐, 즐거운 인생이었네. 좋았지. 그래, 정말 좋았었어. 사람들이 모든 걸 안다면, 더 기쁘게 떠날 수 있을 거라는 생각을 종종 한다네." 그가 말했다.

"지킬도 아프다네." 어터슨이 말했다. "그 친구 본 적 있나?"

그러자 래니언은 안색이 싹 변하면서, 떨리는 손을 들어 올렸다. "이제 지킬은 더 이상 보고 싶지도, 소식을 듣고 싶지도 않네." 그는 떨리는 목소리로 고함쳤다. "그 인간하고는 완전히 끝났어. 그러니 부탁하는데, 앞으로 그 친구 이야기는 일언반구도 말게. 나한텐 이미 죽은 사람이니까."

"쯧쯧." 어터슨은 한참 동안 할 말을 잃었다가 마침내 물었다. "내가 할 수 있는 일은 없나? 우리 셋은 죽마고우 아닌가, 래니언. 이제 그런 친구를 만들 시간도 없네."

"돌이킬 수 없네." 래니언이 대답했다. "그 인간한테 물어봐."

"만나주질 않아." 변호사가 대답했다.

"놀랍지도 않군." 래니언은 말했다. "나중에, 내가 죽고 나면, 자네도 뭐가 옳고 그른지 알게 될지도 모르지만, 지금은 아무 말도 할 수가 없네. 그러니 그때까지는 여기 오면 그냥 앉아서 다른 이야기나 들려주게. 내 간곡히 부탁하는데, 부디 그렇게 해줘. 하지만 이놈의 저주받은 이야기를 계속 해야겠다면, 제발 떠나주게. 도저히 참을 수가 없으니까."

어터슨은 집에 돌아오자마자, 지킬에게 문전박대에 대한 유감을 토로하고 래니언과 절연한 이유를 묻는 편지를 썼다. 다음 날 장문의 답장이 왔다. 지나치게 감상적인 어구들이 여기저기 등장하고 때로는 불길한 수수께끼 같은 소리를 늘어놓은 편지였다. 래니언과의 불화는 돌이킬 수 없었다. "오랜 친구를 비난하지는 않겠네만, 앞으로 우리가 만날 일이 없을 거라는 의견에는 나도 동감일세. 지금부터 나는 철저히 운둔하며 살 생각이네. 너무 놀라지는 마. 그리고 자네마저 거부하는 일이 종종 있다 해도, 내 우정은 절대 의심하지 말게나. 그냥 내가 고행의 길을 가도록 참고 내버려둬주게. 말할 수 없는 천벌과 위험을 자초하고야 말았거든. 난 죄인 중의 죄인이지만, 가장 고통 받는 사람 또한 나 자신이라네. 이 세상에 이렇게 인간을 망가뜨리는 고통과 두려움이 있으리라고는 생각지도 못했네. 어터슨, 이 운명의 짐을 덜어주기 위해 자네가 할 수 있는 일은 오직 하나뿐이야. 내 침묵을 존중해주게." 어터슨은 당혹스러웠다. 그를 흔들어대던 악마 같은 하이드는 사라졌고, 박사는 예전의 일과 친구들에게 돌아가지 않았던가. 일주일 전만해도 어느 모로 보나 즐겁고 명예로운 노년이 보장된 것처럼보였었다. 그런데, 한순간에 우정도, 마음의 평화도, 인생 전체까지 다 무너져버린 것이다. 이렇게 엄청나고 예기치 못한 변화라니, 지킬이 미쳤다는 생각밖에 들지 않았다. 하지만 래니언의 태도와 이야기로 미루어볼 때 뭔가 더 깊은 내막이 있는게 분명했다.

일주일 후 래니언 박사는 자리에 드러누웠고, 채 2주도 지나지 않아 숨을 거뒀다. 장례식을 치른 날 밤, 어터슨은 슬픔에 잠긴 채 사무실 문을 걸어 잠그고 촛불 하나만 켜고 앉아 봉투 하나를 꺼내 앞에 내려놓았다. 죽은 친구가 직접 쓰고 봉한봉투였다. "J. G. 어터슨 친전(親展). 상기인이 먼저 사망할 경우읽지 말고 파기할 것." 봉투에 적힌 강력한 문구 때문에 변호사는 그 내용물을 보는 게 두려웠다. '오늘 한 친구를 묻고 왔는데, 이 편지로 인해 또 한 친구를 잃게 되는 건 아닐까?' 하지만그런 두려움은 고인에 대한 불충이라고 질책하며 봉인을 뜯었다. 안에는 또 하나의 봉투가 들어 있었다. 그 봉투도 봉인되어있었고, 그 위엔 "헨리 지킬 박사의 사망 또는 실종 전에는 개봉하지 말 것"이라고 적혀 있었다. 어터슨은 자신의 눈을 믿을수가 없었다. 그렇다, 실종이었다. 오래전 주인에게 돌려준 정신 나간 유언장에서와 마찬가지로, 여기에도 또 실종이라는 말과 헨리 지킬의 이름이 함께 묶여 있었다. 하지만 유언장에 쓰여 있던 실종은 하이드라는 자의 사악한 제안에서 나왔고, 너무도 명백하고 끔찍한 의도로 쓰인 말이었다. 하지만 래니언의 필체로 쓰여 있는 이 단어는 도대체 무슨 뜻일까? 금지 따위는 무시하고 당장 수수께끼의 밑바닥으로 뛰어들고 싶은 호기심이 미칠 듯이 들었지만, 그래도 직업적 명예와 고인이 된 친구에 대한 신의는 엄중히 지켜야 할 의무였기에, 그 봉투는 그의 개인 금고 가장 깊숙한 곳에 그대로 남겨졌다.

호기심을 억제하는 것과 이기는 건 별개의 문제다. 그날 이후로도 어터슨이 전과 다를 바 없는 열성으로 살아남은 친구와 우정을 추구했다고 말한다면, 그건 좀 믿기 어려운 일일 것이다. 그는 친구를 좋게 생각했지만, 불안하고 두려웠다. 찾아가 보기도 했지만, 문전에서 쫓겨날 때는 안도감마저 들었다. 내심 그는 자발적 감옥 속으로 들어가 속을 알 길 없는 은둔자와 마주 보고 이야기하기보다, 도시의 소음에 둘러싸인 채 바깥공기를 마시며 문간에 서서 풀과 이야기하는 편을 더 좋아했을지도 모른다. 사실 풀이 들려주는 소식도 즐겁지 않기는 마찬가지였다. 박사는 그 어느 때보다 실험실 위 서재에 꽁꽁 틀어박혀 있었고, 심지어 때로는 잠도 거기서 잤다. 활기라곤 없이 말도 거의 하지 않았고 책도 읽지 않았다. 마음을 짓누르는 일이 있는 것만 같았다. 어터슨도 이런 변함없는 보고에 이골이 난 나머지 조금씩 조금씩 발길이 뜸해지기 시작했다.

창가에서 벌어진 일

어느 일요일, 어터슨 씨는 평소처럼 엔필드 씨와 함께 산책을 하다가 또다시 그 골목으로 들어섰다. 그 문 앞에 다다르자, 두 사람은 모두 걸음을 멈추고 문을 바라보았다.

"뭐, 어쨌거나 그 이야기는 끝나긴 했죠. 이제 다시는 하이드 씨를 볼 일 없을 겁니다." 엔필드가 말했다.

"그러길 바라네." 어터슨 씨가 말했다. "내가 그자를 봤다는 이야기 했던가? 나도 자네처럼 혐오감을 느꼈다는 것도?"

"그자를 보면 혐오감을 안 느낄 수가 없죠." 엔필드가 대답했다. "그건 그렇고, 여기가 지킬 박사님 댁 뒷문이라는 것도 몰랐으니, 절 아주 천하의 멍청이로 생각하셨겠어요! 하지만 그걸 알게 된 것도 약간은 변호사님 탓입니다."

"어쨌든 알아낸 거로군, 안 그런가?" 어터슨이 말했다. "허면 이제 안뜰로 들어가서 저 창문들을 한번 보세. 솔직히 말해서, 난 지킬이 걱정이 돼. 바깥이라 해도 친구가 와 있는 게 도움이 되었으면 좋겠네."

안뜰은 무척 춥고 약간 축축했다. 저 위 하늘에는 아직 햇살이 환한데도, 마당 안에는 때 이른 땅거미가 져 있었다. 세 개의 창 중에서 가운데 창이 반쯤 열려 있었고, 창가에는 수심에 잠긴 죄수처럼 한없이 슬픈 표정을 한 사내가 앉아 있었다. 지킬 박사였다.

"세상에! 지킬 아닌가!" 그가 외쳤다. "이제 좀 나아진 모양이군."

"몹시 울적하네, 어터슨." 박사가 처량하게 대답했다. "굉장히 울적해. 하지만 오래가진 않을 걸세." 박사가 맥없이 대답했다.

"너무 집 안에만 있어서 그래." 변호사가 말했다. "밖으로 나와서 혈액순환을 좀 시켜야 해. 여기 나랑 엔필드처럼. (여긴 내 사촌 엔필드 씨일세. —인사하게, 저쪽은 지킬 박사야.) 자, 나오게! 모자를 쓰고 우리랑 빨리 한 바퀴 도세."

"자넨 정말 좋은 친구야." 박사가 한숨을 내쉬었다. "나도 정말 그러고 싶네만, 안 돼, 안 된다고. 완전히 불가능한 일이야. 못 하겠네. 하지만 정말이지 자넬 봐서 너무 기쁘네, 어터슨. 정말 반가워. 자네와 엔필드 씨를 이 위로 청하고 싶지만, 여기가 너무 엉망이라."

"그럼 뭐, 우리가 여기 아래에 서서 자네랑 이야기하면 되지 않나." 변호사가 온화하게 대답했다.

"그거야말로 내가 감히 부탁하려던 바라네." 박사가 미소 지으며 대답했다. 하지만 그 말을 채 마치기도 전에 얼굴에서 미소가 싹 사라지더니 끔찍한 공포와 절망의 표정이 그 자리를 대신했고, 그와 동시에 아래에 있던 두 신사의 피도 얼어붙었다. 창문이 순식간에 닫히는 바람에 흘끗 봤을 뿐이지만, 그것만으로도 충분했다. 두 사람은 한마디 말도 없이 돌아서서 안뜰을 빠져나와, 여전히 말없이 골목을 가로질렀다. 어터슨 씨는 일요일이지만 사람들로 번화한 인근 대로까지 나와서야 겨우 동행을 돌아보았다. 두 사람 모두 얼굴이 창백했고, 두 눈에는 그에 상응하는 공포가 가득했다.

"세상에! 오, 세상에!" 어터슨 씨가 중얼거렸다.

하지만 엔필드 씨는 그저 심각한 표정으로 고개만 끄덕이더니, 다시 아무 말 없이 발걸음을 옮겼다.

마지막 밤

어느 날 어터슨 씨가 저녁 식사를 마치고 난롯가에 앉아 있는데, 놀랍게도 풀이 찾아왔다.

"풀, 자네가 여기 웬일인가?" 그는 큰 소리로 외쳤다가, 다시 한 번 그를 보고 덧붙였다. "무슨 일인가? 박사가 아픈 건가?"

"어터슨 씨," 그가 말했다. "문제가 생겼습니다."

"우선 앉아서 이 와인 한 잔 들게." 변호사가 말했다. "자, 차근차근 무슨 일인지 이야기해보게."

"어터슨 씨는 박사님을 잘 아시잖습니까? 서재에서 두문불출하시는 것도요. 박사님이 또 꼼짝달싹하지 않으세요. 정말 괴롭습니다. 괴로워 죽을 지경이에요. 어터슨 씨, 전 두렵습니다." 풀이 대답했다.

"이보게," 변호사가 말했다. "자세히 말해보게. 뭐가 두렵다는 건가?"

"한 주 동안 두려움에 떨었습니다." 풀은 질문을 무시하고 고집스레 계속 말했다. "더 이상은 참을 수가 없어요."

그의 표정이 자신의 말을 고스란히 웅변하고 있었다. 태도도 이상해졌다. 처음 두려움을 토로했을 때를 제외하고는 변호사의 얼굴을 한 번도 쳐다보지 않았고, 와인 잔은 입에도 안 대고 무릎에 그대로 놓은 채 방구석만 뚫어져라 노려보고 있었다. "더 이상은 못 참겠습니다." 그가 되뇌었다.

"그래, 무슨 이유가 있겠지, 풀. 뭔가 심각한 문제가 있는 것 같군. 자초지종을 말해보게나." 변호사가 말했다.

"뭔가 끔찍한 일이 일어난 것 같습니다." 풀이 갈라진 목소리로 대답했다.

"끔찍한 일이라고?" 변호사는 대경실색해서 외쳤다. 약간 짜증까지 났다. "무슨 끔찍한 일? 무슨 소리를 하는 건가?"

"제 입으로는 감히 말씀 못 드리겠습니다. 차라리 저랑 가셔서 직접 보시지요."

어터슨 변호사는 아무 말 없이 일어나 모자와 외투를 챙겼다. 놀랍게도 집사의 얼굴에 한없는 안도의 표정이 떠올랐다. 그걸 보자니, 따라나서면서 내려놓은 와인 잔이 그대로인 게 그다지 놀랍지도 않았다.

3월답게 춥고 거친 밤이었다. 쌩쌩 부는 바람은 한없이 투명하고 성긴 재질로 만든 고문대 같았고, 창백한 달은 바람을 맞아 기울어지기라도 한 듯 누워 있었다. 바람 때문에 대화도 할 수 없었고, 얼굴은 새빨갛게 텄다. 게다가 바람이 사람들까지 싹 쓸어버린 듯 거리는 전에 없이 한산했다. 런던 이 지역이 이렇게 텅텅 비어 있는 모습은 한 번도 본 적 없었다. 거리가 북적대면 좋으련만. 이제껏 동료 인간들을 보고 접촉하고픈 바람이 이렇게 간절한 적은 없었다. 아무리 애를 써봐도 엄청난 재앙의 예감을 떨쳐버릴 수가 없었다. 그들이 다다른 광장 역시 바람과 먼지에 휩싸여 있었고, 정원의 가느다란 나무들은 난간에 사정없이 부딪쳐댔다. 내내 한두 걸음 앞에서 걷던 풀이 도로 한가운데서 걸음을 멈추더니, 살을 에는 바람에도 불구하고 모자를 벗고는 붉은 손수건으로 이마의 땀을 닦았다. 서둘러 오기는 했지만, 그가 닦아낸 건 힘든 노력으로 인한 땀방울이 아니라 목을 죄는 듯한 고뇌로 인한 식은땀이었다. 그의 얼굴은 창백했고 목소리는 거칠고 갈라져 있었다.

"네, 다 왔네요. 신께서 보우하사, 아무 일이 없기를." 그가 말했다.

"아멘." 변호사도 말했다.

하인이 극히 조심스러운 태도로 문을 두드리자, 문이 쇠고리가 걸린 채 빼꼼 열렸다. 안에서 누군가의 목소리가 들려왔다. "풀, 당신이에요?"

"괜찮아, 문 열어." 풀이 대답했다.

홀에는 불이 환히 밝혀져 있었고, 난로도 활활 타오르고 있었다. 난로 주변엔 남녀 하인들이 마치 양 떼처럼 옹기종기 모여 있었다. 어터슨 변호사를 보자, 하녀는 히스테릭하게 울먹이기 시작했고 요리사는 "감사합니다! 어터슨 씨가 오셨어"라고 외치며 그를 얼싸안기라도 할 듯 달려 나왔다.

"이런, 이런, 왜 다들 여기 있나? 규율이라곤 없이 꼴사나운 모습으로. 자네들 주인이 몹시 노여워할 걸세." 변호사가 언짢은 말투로 힐난했다.

"다들 두려워하고 있습니다." 풀이 말했다.

침묵이 이어졌다. 누구도 항의하지 않았다. 그저 하녀만이 목 놓아 울기 시작했다.

"닥치지 못해!" 풀이 외쳤다. 난폭한 억양이 그의 곤두선 신경을 여실히 드러냈다. 사실 하녀의 울음소리가 갑자기 높아지자 모두들 깜짝 놀라며 잔뜩 겁에 질린 표정으로 안쪽 문을 돌아본 참이었다. 집사는 계속해서 주방 심부름꾼에게 말했다. "자, 촛불을 가져와. 당장 마무리 지을 테니까." 그러고는 어터슨에게 따라오라고 하면서 안뜰로 안내했다.

"자, 최대한 조용히 오셔야 합니다. 귀는 기울이시되, 어터슨 씨 소리가 들켜서는 안 됩니다. 그리고 혹시나 변호사님을 안으로 청해도 절대 들어가시면 안 됩니다."

이런 뜻밖의 결말에 화들짝 놀란 어터슨은 하마터면 균형을 잃고 휘청댈 뻔했지만 용기를 그러모아 집사의 뒤를 따랐다.

두 사람은 실험실 건물로 들어가서 상자와 병들이 널브러져 있는 해부수업 교실을 지나 계단 아래에 이르렀다. 여기서 풀은 그에게 한쪽에 서서 귀를 기울이고 있으라고 하더니, 촛불을 내려놓고 결의를 한껏 다진 다음 계단을 올라가 붉은 모직이 덮인 서재 문을 머뭇머뭇 노크했다.

"어터슨 씨께서 오셨습니다." 이렇게 말하며 그는 변호사에게 잘 들어보라고 다시 한 번 손짓을 했다.

안에서 대답이 들렸다. "아무도 만날 수 없다고 전하게." 투덜대는 목소리였다.

"알겠습니다, 주인님." 풀은 다소 의기양양한 목소리로 답한 뒤 다시 촛불을 들고 어터슨 씨를 안내해 마당을 지나 넓은 부엌으로 들어왔다. 부엌 난로는 꺼져 있고 바닥엔 딱정벌레들이 뛰어다니고 있었다.

"변호사님, 저희 주인님 목소리 같던가요?" 그가 어터슨의 눈을 바라보며 물었다.

"많이 변한 것 같더군." 변호사는 몹시 창백했지만 시선을 피하지 않고 대답했다.

"분명히 다르죠? 예, 제 생각도 그렇습니다." 집사가 대답했다. "제가 이 집에서 20년을 있었는데, 주인님 목소리 하나 못 알아듣겠습니까? 그렇습니다, 주인님은 해코지를 당하셨어요. 8일 전에 일을 당하신 거라고요. 그때 하느님을 외쳐 부르는 주인님의 비명 소리를 들었거든요. 그렇다면 저 안에 있는 사람은 누구죠? 왜 거기 있는 걸가요? 정말 귀신이 곡할 노릇입니다, 어터슨 씨!"

"기이하기 짝이 없는 이야기로군, 풀, 도무지 황당한 이야기일세." 어터슨 씨가 손톱을 물어뜯으며 말했다. "설령 자네 말대로, 지킬 박사가…… 음, 그러니까 살해당했다고 가정해보세. 도대체 뭐 때문에 살인자가 그 방에 남아 있겠나? 앞뒤가 안 맞아. 논리적으로 말이 안 되잖나."

"글쎄요, 어터슨 씨, 변호사님을 납득시키기는 힘들겠지만, 제가 나름 한번 설명해보겠습니다." 풀이 말했다. "저 서재 안에 있는 게 누군지는 모르겠지만, (변호사님께서 아셔야 되는 게) 지난주 내내 밤낮을 가리지 않고 무슨 약을 구해 오라고 난리를 쳐댔는데 아직 제대로 된 걸 못 찾았습니다. 때로는 지시 사항을 쪽지에 적어 계단에 던져놓기도 했어요. (주인님이 그러시거든요.) 이번 주엔 내내 쪽지만 받았습니다. 문은 늘 닫혀 있고, 음식을 가져다놓으면 아무도 보지 않는 틈을 타서 몰래 들여갔죠. 매일, 아니 하루에도 두 번이고 세 번이고 지시와 불평이 내려왔습니다. 저도 도시의 도매 약국이란 약국에는 다 득달같이 가봤죠. 하지만 물건을 구해 오기만 하면, 정제약이 아니라며 반품하고 다른 회사 제품을 구해 오라는 지시가 떨어지는 겁니다. 이유는 모르겠지만, 그 약이 굉장히 절박하게 필요한 모양이더군요."

"그 쪽지 중에 가지고 있는 게 있나?" 어터슨 씨가 물었다.

풀이 주머니를 뒤져 구겨진 종이 한 장을 꺼내주자, 변호사는 종이를 촛불 가까이 가져가 자세히 살펴보았다. 그 내용은 다음과 같았다. "지킬 박사가 모우사(社)에 인사드립니다. 최근 구입한 귀사의 견본이 정제약이 아닌 탓에 현재 목적에 전혀 부합하지 못하고 있습니다. 18××년 지킬 박사는 M사로부터 다량의 약품을 구입했습니다. 박사는 귀사가 최선을 다해 그 약품을 수배해주기를 부탁드립니다. 그리고 같은 품질의 약품이 있을 경우 즉시 박사에게 보내주시기 바랍니다. 비용은 상관없습니다. 이는 지킬 박사에게 말할 수 없이 중요한 문제입니다." 편지는 여기까지는 차분하게 갔지만, 갑자기 필체가 내달리면서 감정이 폭발했다. "제발, 예전 약을 찾아내!"

"기이한 쪽지로군." 어터슨 씨가 말하다가, 갑자기 날카롭게 덧붙였다. "그런데 자네가 어떻게 이걸 열어본 거지?"

"모우사 직원이 화를 버럭 내면서 무슨 더러운 것이라도 되는 양 제게 집어 던졌거든요." 풀이 대답했다.

"이건 틀림없는 박사의 필체야. 자넨 아나?" 변호사가 다시 물었다.

"그런 것 같습니다." 하인은 약간 실쭉하게 대답하더니 다른 어조로 말했다. "하지만 필체가 무슨 소용입니까? 제가 직접 본 걸요."

"봤다고?" 어터슨 씨가 되풀이했다. "그래서?"

"그럼요!" 풀이 말했다. "이 길로 제가 안뜰에서 해부 교실로 갑자기 들어갔었거든요. 그자는 약인지 뭔지를 가지러 살짝 나온 듯했습니다. 서재 문이 열려 있었거든요. 그때 봤습니다. 방 저쪽 구석에서 상자들을 뒤지고 있더라고요. 제가 들어가자 그자는 고개를 들었다가 비명을 지르며 후다닥 서재로 달아났어요. 한순간에 불과했지만, 정말 머리털이 곤두서는 것 같았습니다. 변호사님, 그자가 제 주인이라면 왜 가면을 썼겠습니까? 제 주인이라면 왜 쥐새끼처럼 비명을 지르며 절 피해 달아난 거죠? 그분을 모신 게 한두 해가 아닌데 말입니다. 그런데……." 집사는 잠시 말을 멈추고 손으로 얼굴을 쓸어내렸다.

"정말 기이한 상황이네만, 난 뭔가 알 것 같네." 어터슨 씨가 말했다. "풀, 자네 주인은 병에 걸린 걸세. 고통스럽고 외모를 망가뜨리는, 내 짐작으로는 목소리까지 변하게 만드는 그런 병에 걸린 거야. 그래서 가면을 쓰고 친구들을 피하고, 그렇게 절박하게 약을 구하고 있는 걸세. 그 불쌍한 영혼은 거기에 회복의 희망을 걸고 있는 거야. 신께서 그를 저버리지 않으시길! 내 생각은 그렇다네. 물론 슬픈 일이긴 하지, 풀. 생각만 해도 끔찍하다마다. 그래도 이게 명백하고 앞뒤가 맞는 소릴세. 그러니 터무니없이 동요하지 말게."

집사는 얼굴이 하얗게 질리며 대답했다. "변호사님, 저건 절대 제 주인님이 아닙니다. 그건 분명한 사실입니다." 그는 주위를 둘러보며 목소리를 낮췄다. "주인께선 키가 크고 체격도 당당하신데, 저놈은 난쟁이나 다름없었어요." 어터슨이 뭐라고 반박하려 하자, 집사가 울부짖었다. "아, 변호사님, 20년을 모셨는데 제가 주인님도 못 알아보겠습니까? 평생 매일 아침을 서재에서 뵀는데, 그분 머리가 서재 문 어디까지 오는지도 모른다고 생각하시는 겁니까? 아뇨, 가면 속의 저자는 절대 지킬 박사님이 아닙니다. 정체는 모르겠지만, 지킬 박사님이 아닌 것만은 분명합니다. 그리고 전 살인이 벌어졌다고 굳게 믿습니다."

"풀, 자네 생각이 그렇다면, 확인하는 게 내 의무겠지. 난 자네 주인의 기분을 상하게 하고 싶지도 않고, 자네 주인이 아직 살아 있다고 증명하는 듯한 이 쪽지도 도무지 이해가 되지 않지만, 의무상 저 문을 부수고 들어가 봐야 할 것 같네." 변호사가 대답했다.

"예, 어터슨 씨, 바로 그겁니다!" 집사가 외쳤다.

"그럼 다음 문제는 그걸 누가 하냐는 걸세." 어터슨이 다시 물었다.

"물론 저와 변호사님이죠." 집사는 용감하게 대답했다.

"좋네." 변호사가 대답했다. "하지만 무슨 일이 벌어지건, 이 일로 자네가 피해를 보는 일은 없을 거라 약속하네."

"해부실에 도끼가 하나 있습니다. 변호사님도 부지깽이라도 하나 가져가시죠." 풀이 말했다.

변호사는 그 조잡하고 묵직한 도구를 들고 무게를 가늠해

보다가 고개를 들며 말했다. "지금 자네와 내가 하려는 일이 위험한 걸 알고 있겠지, 풀?"

"그럼요." 집사가 대답했다.

"좋네, 그렇다면 서로 솔직한 게 좋을 거야. 우리 둘 다 아직 하지 않은 이야기가 있을 텐데, 솔직히 털어놓자고. 자네가 봤다는 이 가면 쓴 자 말인데, 혹시 아는 얼굴 아니던가?"

"음, 놈이 너무 빠른 데다 잔뜩 구부리고 있어서 자신은 없습니다만, 혹시 하이드 씨를 말씀하시는 거라면 ─ 네, 그래요, 그런 것 같습니다! 그러니까, 체격도 비슷했고 하이드 씨와 똑같이 날렵하고 가벼웠습니다. 더군다나 그 사람이 아니라면 누가 실험실 문으로 들어올 수 있었겠습니까? 저번 살인 사건 때까지 그 사람이 열쇠를 가지고 있었다는 거 기억하시죠? 그뿐만이 아닙니다. 어터슨 씨, 혹시 이 하이드 씨라는 사람을 만난적이 있으신지요?"

"그렇다네." 변호사가 대답했다. "이야기도 해봤지."

"그러면 어터슨 씨도 저희와 마찬가지로 그 신사 분에게 뭔가 이상한 그런 게 있다는 걸 잘 아실 겁니다. 사람을 질겁하게 만드는 그런 거요. 뭐라고 더 잘 표현할 길이 없네요. 뼛속까지 한기가 스며드는 그런 기분 말입니다."

"자네가 말한 거라면 나도 느꼈네." 어터슨 씨가 말했다.

"정말 그렇죠." 풀이 대답했다. "그 가면 괴물이 원숭이처럼 약상자들 사이에서 뛰어내려 서재 안으로 휙 사라질 땐 등골이 서늘하더군요. 아, 그게 증거가 아니라는 건 압니다, 어터슨 씨. 저도 그 정도는 배웠습니다. 하지만 육감이라는 게 있잖아요? 성경에 맹세코, 그건 분명 하이드 씨였습니다!"

"그래, 그렇지." 변호사가 말했다. "나도 그게 걱정일세. 악이 그 관계에서 자리를 잡은 걸세 — 그럴 줄 알았어. 진심으로 자네 말을 믿네. 가엾은 해리는 살해당한 거야. 그리고 살인자는 아직 희생자의 방 안에 숨어 있고(그 이유는 신만이 아시겠지). 자, 이제 우리가 복수의 화신이 되세. 브래드쇼를 부르게나."

부름을 받은 하인이 창백하고 긴장한 얼굴로 달려왔다.

"정신 바짝 차리게, 브래드쇼." 변호사가 말했다. "다들 이 일 때문에 불안해하고 있는 거 아네. 하지만 우리가 이제 이 문제를 해결할 걸세. 여기 풀과 내가 강제로 서재 안으로 들어갈 거야. 만약 아무 문제가 없다면, 모든 책임은 내가 다 지겠네. 하지만 일이 어긋난다거나 범인이 뒷문으로 빠져나가면 안 되니까, 자네와 아이가 몽둥이를 들고 모퉁이를 돌아 실험실 문 앞을 지키게. 준비하는 데 10분을 주겠네."

브래드쇼가 떠나자, 변호사는 시계를 봤다. "자, 풀, 우리도 가세." 그는 부지깽이를 옆구리에 끼고 앞장서서 안뜰로 나왔다. 비구름이 달을 가리고 있어서 사방은 무척 어두웠다. 그 깊숙한 건물 안까지 간헐적으로 휘몰아쳐 들어오는 바람 때문에 걸음을 내디딜 때마다 촛불이 이리저리 뒤흔들렸다. 마침내 두 사람은 해부실로 들어가 조용히 앉아 기다렸다. 윙윙대는 런던의 소음이 무겁게 사방을 에워싸고 있었지만, 지척에서는 서재를 왔다 갔다 하는 발소리 외에는 아무 소리도 들리지 않았다.

"놈은 저렇게 하루 종일 서성거립니다." 풀이 소리 죽여 말했다. "게다가 밤늦게까지도요. 제약회사에서 새 샘플이 도착할 때만 잠깐 걸음을 멈춥니다. 저런 놈이 휴식을 취할 수 있다면 그건 양심도 없는 거죠! 아, 변호사님, 놈의 발자국마다 피 냄새가 진동을 합니다! 들어보세요. 좀 더 가까이, 귀 기울여보세요, 어터슨 씨. 어떻습니까? 저게 박사님 발소리 같습니까?"

약간 건들거리는 듯한 발걸음은 굉장히 느리면서도 가볍고 괴상했다. 무겁게 삐걱거리는 헨리 지킬의 발소리와는 완전히 달랐다. 어터슨이 한숨을 쉬며 물었다. "그 외 다른 일은 없었는가?"

풀은 고개를 끄덕였다. "딱 한 번요. 저자가 우는 소리를 한 번 들은 적 있습니다."

"울었다고? 어떻게?" 변호사는 갑자기 소름이 쫙 끼치는 걸 느끼며 물었다.

"여자처럼, 지옥에 떨어진 영혼처럼 울더군요." 집사가 말했다. "그 자리를 떠났는데도 그 소리가 심장을 쥐어짜는 것 같았어요. 저도 울음이 터질 것 같더라니까요."

이제 10분이 되었다. 풀은 포장용 짚더미를 뒤져 도끼를 꺼냈다. 공격할 때를 위해 바로 옆 탁자에 촛불도 밝혀뒀다. 두 사람은 숨을 죽인 채 서재 쪽으로 접근했다. 밤의 고요 속에서 안에서는 여전히 쉬지 않고 왔다 갔다 하는 발소리가 들렸다. "지킬!" 어터슨이 커다란 소리로 외쳤다. "자네를 봐야겠네." 그는 잠시 기다렸지만, 대답이 없었다. "자네한테 미리 경고하네. 다들 의혹이 자꾸만 커져가서, 내가 기어이 자네를 봐야겠어." 그는 다시 말했다. "정당한 방법이 안 된다면, 비열한 수라도 써야겠네. 자네가 동의하지 않으면 강제로라도 들어갈 걸세!"

"어터슨, 제발 자비를 베풀어주게!" 목소리가 들려왔다.

"아, 저건 지킬의 목소리가 아니야! 하이드야!" 어터슨이 외쳤다. "풀, 당장 문을 부수게!"

풀이 어깨 위로 도끼를 휘두르자, 그 충격에 건물이 흔들렸다. 자물쇠와 경첩에 매인 붉은 모직 문이 덜컹대며 들썩였다. 서재 안에서 흡사 겁에 질린 동물 울음소리 같은 음울한 비명소리가 흘러나왔다. 도끼가 다시 올라가더니, 다시 문의 판벽널이 부서지고 문틀이 덜컹댔다. 도끼를 네 번이나 내리쳤지만 나무가 단단한 데다 짜 맞춘 솜씨가 워낙 좋아서, 다섯 번째에 가서야 자물쇠가 뜯겨 나가면서 부서진 문이 서재 안 카펫 안으로 넘어졌다.

포위군은 자기들이 일으킨 소란과 뒤이은 정적에 놀라 조금 뒤로 물러서서 안을 들여다봤다. 눈앞의 서재 안에는 램프 불이 고요히 밝혀져 있고 난롯불이 딱딱 소리를 내며 타오르고 있었다. 주전자에서는 물 끓는 소리가 가늘게 새어 나왔고, 서랍이 한두 개 열려 있었고, 업무용 탁자 위에는 서류들이 가지런히 놓여 있었다. 난로 앞에는 차 마실 준비까지 되어 있어서 방은 고요하기 이를 데 없어 보였다. 화학 약품들이 즐비한 유리장만 없다면 그날 밤 런던에서 가장 평범한 방이라고 해도 무방할 정도였다.

방 한가운데에는 몸이 심하게 뒤틀린 사내 하나가 여전히 경련을 일으키며 누워 있었다. 두 사람이 까치발로 다가가 뒤집어보니 에드워드 하이드였다. 그는 덩치에 비해 훨씬 큰 옷을 입고 있었다. 지킬 박사 체격의 옷이었다. 얼굴 근육은 살아 있는 듯이 여전히 씰룩이고 있었지만, 목숨은 완전히 끊어진 상태였다. 손에 든 깨진 약병과 공기 중에 떠도는 강한 아몬드 향*으로 어터슨 박사는 사내가 자살을 시도했다는 것을 알았다.

"너무 늦었군." 그는 준엄하게 말했다. "구원이든 처벌이든 이미 늦었네. 하이드는 죗값을 치르러 갔어. 이제 자네 주인의 시신을 찾는 일만 남았군."

건물 내에서 가장 큰 비중을 차지하는 공간은 일층을 거의 다 차지하고 있으면서 천장에서 빛이 들어오도록 설계된 해부 교실과, 그 위층 한쪽 끝에 자리 잡고 안뜰을 내려다보고 있는 서재였다. 해부실과 골목길로 난 문 사이에는 복도가 있었고,

---

*청산가리에서는 시큼한 생 아몬드 향이 난다.

그 문은 별도로 계단을 통해 서재와 연결돼 있었다. 그 외에는 어두운 벽장 몇 개와 넓은 지하실이 있었다. 그들은 그 모든 곳들을 샅샅이 뒤졌다. 벽장은 다 비어 있었기 때문에 한 번 훑어보기만 해도 충분했다. 문에서 떨어지는 먼지로 보아 오랫동안 열린 적조차 없는 듯했다. 지하실에는 전 주인인 외과의사가 살던 시절부터 있던 잡동사니들이 수북했지만, 문을 열어보니 더 이상 수색할 필요도 없었다. 문 앞을 가로막고 있는 거미줄의 완벽한 형태로 볼 때, 그곳은 몇 년 동안 아무도 드나든 적이 없었기 때문이다. 살았건 죽었건 헨리 지킬의 흔적은 그 어느 곳에도 없었다.

풀이 복도 판석을 발로 쿵쿵 굴렀다. "여기 묻혀 계신 게 분명해요." 그는 귀를 기울이며 말했다.

"아니면 도망쳤을지도 모르지." 어터슨은 돌아서서 골목 쪽 문을 살펴봤다. 문은 잠겨 있었다. 근처 판석 위에 떨어져 있는 열쇠를 발견했지만, 열쇠는 벌써 녹이 슬어 있었다.

"이 열쇠는 사용한 것 같지 않은데." 변호사가 말했다.

"사용이라고요?" 풀이 따라 말했다. "부러진 게 안 보이십니까? 누군가 발로 짓밟은 것처럼요."

"그렇군." 어터슨이 계속해서 말했다. "부러진 부분 역시 녹이 슬었어." 두 사람은 겁에 질린 표정으로 서로 쳐다봤다. "풀, 이건 내 능력 밖이네. 일단 서재로 돌아가세."

그들은 말없이 계단을 올라가, 간혹 두려운 눈길로 시신을 바라보며 서재를 더 샅샅이 수색했다. 한 탁자 위에 화학 실험의 자취가 남아 있었다. 서로 다른 무게의 흰 소금이 유리그릇에 담겨 있었다. 두 사람이 들어오는 바람에 저 불행한 사내가 하던 실험이 중단된 것 같았다.

"저게 제가 늘 가져다 드리던 약입니다." 풀이 말했다. 그가 말하는 도중, 주전자가 날카로운 소리를 내며 끓어올랐다.

그들은 소리가 나는 난롯가로 다가갔다. 안락의자가 아늑하게 당겨져 있어서 찻잔 세트가 앉는 사람의 팔꿈치 정도 거리에 놓여 있고 잔에는 설탕까지 들어 있었다. 선반 위에 책이 몇 권 있었는데, 그중 한 권은 찻잔 옆에 펼쳐져 있었다. 다가가서 책을 살펴본 어터슨은 깜짝 놀랐다. 그 책은 지킬이 몇 번이나 칭찬해 마지않던 신학서적이었는데, 끔찍할 정도로 불경스러운 주석들이 지킬의 필체로 적혀 있었기 때문이었다.

방을 살피던 두 사람이 다음으로 다가간 곳은 전신거울이었다. 두 사람은 자기도 모를 두려움에 사로잡힌 채 거울 안을 들여다보았다. 하지만 그 각도에서 보이는 것이라고는 천장을 아른거리는 장밋빛 불빛과 유리장의 판유리 표면에 수없이 반사되고 있는 난로의 불꽃, 그리고 구부정한 자세로 거울을 들여다보고 있는 두 사람의 창백하고 겁에 질린 얼굴뿐이었다.

"이 거울은 괴상한 것들을 보았겠죠?" 풀이 속삭였다.

"그리고 단연코 그중 가장 기괴한 건 그자겠지." 변호사도 똑같이 속삭였다. "도대체 왜 지킬이……." 그는 그 이름에 흠

칫하며 말을 멈췄다가 두려움을 떨치고 계속 말했다. "도대체 지킬이 그자와 뭘 하려고 했을까?"

"그러게나 말입니다." 풀이 말했다.

그다음에는 업무용 탁자를 살폈다. 탁자 위에 가지런히 정리된 서류들 맨 위에 커다란 봉투가 하나 있었는데, 거기에는 박사의 필체로 어터슨 씨의 이름이 적혀 있었다. 변호사가 봉투를 뜯자, 봉인된 서류 몇 개가 바닥에 떨어졌다. 제일 첫 번째는 유언장이었는데, 6개월 전 그가 되돌려주었던 것과 똑같은 기괴한 조건들, 즉 사망 시에는 유서가 되고 실종 시에는 증여 증서가 된다는 조건이 담겨 있었다. 하지만 이번에는 에드워드 하이드가 아니라 놀랍게도 가브리엘 존 어터슨의 이름이 적혀 있었다. 유서에 적힌 자신의 이름에 대경실색한 변호사는 풀을 봤다가, 다시 서류를 봤다가, 마지막으로 카펫 위에 뻗어 있는 악인의 시체를 돌아보았다.

"도무지 영문을 모르겠군." 그가 말했다. "저자는 요 며칠 동안 내내 이 유서를 가지고 있었어. 날 좋아할 이유도 없거니와, 자기 이름이 빠진 걸 보고 분노했을 텐데, 왜 유언장을 태우지도 않았을까?"

그는 다음 서류를 집어 들었다. 지킬 박사의 필체로 쓰인 짧은 편지였고, 맨 위에는 날짜가 쓰여 있었다. "오, 풀!" 변호사가 외쳤다. "이 친구 오늘까지도 여기 살아 있었네! 그렇게 잠깐 사이에 사람을 어떻게 할 수 있었을 리가 없어. 분명 아직 살아 있어, 도망친 게 틀림없네! 하지만 그렇다면 왜 달아난 거지? 그리고 어떻게? 그리고 그 경우, 이걸 자살이라고 할 수 있을까? 아, 조심해야만 하겠어. 자칫 자네 주인을 무시무시한 파국으로 몰아갈지도 모르네."

"읽어보시지 그러세요, 변호사님." 풀이 청했다.

"두려워서 그러네." 변호사가 엄숙하게 대답했다. "부디 그럴 이유가 없기를!" 변호사는 그렇게 말하며 편지를 눈앞으로 가져가 읽기 시작했다.

친애하는 어터슨

이 편지가 자네 손에 들어갔을 땐 난 이미 사라졌을 걸세. 어떤 상황이 될지는 나도 짐작할 수 없네만, 나의 본능과 말 못 할 이 모든 상황들로 미루어보아 끝은 이미 예정되어 있네. 그것도 곧. 가서 래니언의 이야기부터 읽어보게. 자네한테 넘기겠다고 협박했으니 자네가 가지고 있겠지. 그래도 더 알고 싶다면, 내 고백을 들어주게나.

하찮고 불행한 친구,
헨리 지킬

"세 번째 봉투가 또 있던가?" 어터슨이 물었다.

"여기 있습니다." 풀이 여러 군데 봉인을 한 두툼한 봉투를 건네줬다.

변호사는 봉투를 주머니에 집어넣었다. "이 서류에 대해선 일언반구하지 말게. 자네 주인이 도망쳤건 죽었건. 적어도 그 명예는 지켜줘야 하지 않겠나. 벌써 10시로군. 난 집에 가서 이 서류들을 조용히 읽어보겠네. 하지만 자정 전에는 돌아올 테니 그때 경찰을 부르도록 하세."

그들은 밖으로 나와 해부실 문을 잠갔다. 어터슨은 홀의 벽난로 주위에 모여 있는 하인들을 남겨 둔 채 이 수수께끼를 설명해줄 두 개의 이야기를 읽기 위해 사무실로 무거운 발걸음을 옮겼다.

래니언 박사의 이야기

나흘 전 1월 9일 저녁, 난 저녁 우편으로 등기를 하나 받았네. 동료이자 동창인 헨리 지킬의 필체로 주소가 쓰인 등기였어. 사실 난 상당히 놀랐네. 평소 서신을 교환하는 일이라고는 전혀 없는 데다, 바로 전날 밤에 만나서 같이 식사까지 했거든. 이렇게 정식으로 등기를 보내야 할 만한 상황을 도무지 짐작할 수가 없었지. 내용을 읽고 나자 놀라움은 더 커졌네. 편지 내용이 이런 식이었거든.

18××년, 12월 10일

친애하는 래니언, 자넨 내 죽마고우지. 우리가 때로 과학적 문제로 이견을 보이기는 하지만, 우리 우정에 금이 간 일은 없었다고 생각하네. 적어도 난 그렇네. 혹시 자네가 "지킬, 내 목숨과 명예와 이성이 모두 자네한테 달려 있네"라고 말한다면 난 언제든 자네를 돕기 위해 기꺼이 내 왼팔을 내놓았을 걸세. 래니언, 지금 내 목숨과 명예와 이성은 모두 자네 손에 달려 있네. 오늘 밤 자네가 내 부탁을 들어주지 않으면, 난 끝장일세. 서론이 이렇다 보니 내가 자네한테 뭔가 명예스럽지 못한 부탁을 하는 게 아닐까 생각할 수도 있겠군. 그건 자네 판단에 맡기겠네.

오늘 밤엔 다른 약속은 다 미루게. 정말이지, 혹여 황제가 병상에서 부른다 해도 부디 거절해주게나. 자네 마차가 문간에 딱 대기하고 있지 않다면 승합마차를 타고 곧장 내 집으로 와주게. 참조용으로 이 편지도 반드시 들고 말일세. 집사 풀에게도 지시를 해뒀으니, 열쇠공과 함께 자네를 기다리고 있을 거야. 열쇠공이 서재 문을 따주면, 자네 혼자 들어가서 왼쪽에 있는 (E라고 표시된) 유리장을 열게. 잠겨 있으면 자물쇠를 부수고 열어. 그리고 위에서 네 번째, 그러니까 (같은 이야기네만) 밑에서 세 번째 서랍을 내용물이 고스란히 담긴 채로 꺼내게. 지금 내 마음이 너무 산란해서 혹시라도 잘못된 지시를 하고 있을까 봐 두려워 죽을 지경이네. 하지만 내가 실수한다 해도, 내용물을 보면 그 서랍이 맞는지 자네가 알 수 있을 거야. 그 안엔 약간의 분말과 작은 약병, 그리고 공책 하나가 들어 있을 걸세. 그 서랍을 하나도 건드리지 말고 그대로 캐번디시 광장으로 가져가주게나.

그게 첫 번째 부탁이고, 또 하나 부탁이 있네. 자네가 이 편지를 받자마자 출발했다면 자정이 되기 훨씬 전에 다시 집에 돌아가 있을 걸세. 그렇게 시간 여유를 주는 건, 혹여나 예방도 예측도 할 수 없는 장애가 발생할까 봐 두려운 탓도 있지만, 그 다음 해야 할 일을 하는 데는 자네 하인들이 모두 잠든 시간이 더 좋기 때문일세. 그러니 자정이 되면 진료실에 꼭 자네 혼자 있어주게. 그리고 내 이름을 대고 사람이 찾아오면 직접 맞아서 내 서재에서 가져간 서랍을 전해주게. 그럼 자네 역할은 끝난 거고, 내 한없는 감사를 받게 될 걸세. 하지만 굳이 연유를 알아야겠다면, 5분만 기다리게. 그럼 이 일이 얼마나 중요한 것인지 깨닫게 될 테니까. 이 부탁 사항들이 얼토당토않게 보이겠지만, 그중 하나라도 간과하면 자넨 나의 죽음이나 광기에 대한 죄의식을 양심에 고통스럽게 짊어지게 될지도 몰라.

　　자네가 내 부탁을 하찮게 여길 리는 없다고 자신하네만, 혹시나 그럴 가능성이 있다고 생각만 해도 심장이 무너지고 손이 떨리네. 지금 이 시간 낯선 곳에서 형언할 수 없이 암담한 괴로움에 몸부림치고 있는 친구의 처지를 부디 헤아려주게. 하지만 자네가 내 부탁을 정확하게 들어주기만 한다면, 내 고통은 과거지사가 될 걸세. 친애하는 래니언, 부디 내 부탁을 들어주고 날 구해주게.

자네 친구

H. J.

추신. 이미 편지를 봉했건만 새로운 두려움이 솟아나는군. 우체국 사정으로 이 편지가 내일 아침까지도 자네 손에 들어가지 않을 수도 있겠지. 친애하는 래니언, 그 경우에는 내일 낮 아무 때나 편한 시간에 일을 처리하고 자정에 내 심부름꾼을 기다려주게. 사실 그때면 이미 너무 늦었을 수도 있어. 그러니 아무 일 없이 내일 밤이 지나간다면, 헨리 지킬은 더 이상 못 본다고 생각하게.

편지를 읽자마자 이 친구가 미쳤다는 확신이 들더군. 하지만 확실히 증명되기 전까지는 그의 부탁을 들어줘야 한다 싶었네. 이 난장판에 대해 아는 게 없을수록, 그게 얼마나 중요한 일인지 섣불리 판단 내려서는 안 된다고 생각했거든. 그토록 애절한 호소를 무책임하게 그냥 무시할 수는 없었네. 그래서 나는 자리에서 일어나 이륜마차를 타고 곧바로 지킬의 집으로 향했지. 집사가 기다리고 있더군. 집사도 같은 저녁 우편으로 지시 사항이 적힌 등기 우편을 받았고, 열쇠공과 목수를 부르러 곧장 사람을 보내놨다고 했네. 이야기하는 사이에 그 사람들이 도착했고, 우린 다 함께 옛 덴먼 박사의 외과 해부실로 갔네. (자네도 잘 알다시피) 해부실이 지킬의 개인 서재에 들어가는 가장 편리한 길이니까. 문은 굉장히 단단했고 자물쇠도 튼튼하더군. 목수는 강제로 뜯고 들어가려면 고생도 고생이고 집도 많이 망가질 거라고 장담했네. 열쇠공은 거의 절망적이었고. 하지만 다행히 열쇠공이 솜씨가 좋아서 두 시간 만에 문을 열 수 있었어. E라고 쓰인 유리장은 잠겨 있지 않았어. 나는 서랍을 꺼내, 짚으로 채우고 천으로 잘 싸서 캐번디시 광장으로 들고 왔네.

집에 와서 내용물을 살펴보기 시작했지. 분말은 고운 편이긴 했지만 조제약사처럼 섬세한 솜씨는 아니더군. 지킬이 직접 만든 게 분명했어. 포장지를 하나 벗겨보니 그냥 흰색 정제 소금 같은 게 들어 있었어. 다음으로 살펴본 작은 약병에는 피처럼 붉은 용액이 반 정도 담겨 있었는데, 냄새가 매우 자극적인 걸로 보아 인 성분과 휘발성 에테르 성분이 든 것 같았네. 그 외의 성분은 짐작이 안 되더라고. 공책은 흔한 모양이었는데, 날짜만 죽 쓰여 있었어. 몇 년에 걸친 날짜들이었는데, 약 1년 전부터 갑자기 끊겨 있더군. 날짜 옆에 여기저기 짧은 메모들도 적혀 있었는데, 대개 그냥 한두 단어들이었어. 수백 개의 항목 중에 "두 배"라는 단어가 여섯 번 등장했고, 거의 목록 시작 부분에 딱 한 번 "완전 실패!!!"라는 단어가 느낌표까지 몇 개 붙어서 쓰여 있었네. 이 모든 것이 호기심을 자극했지만, 그걸로 확실히 알 수 있는 건 하나도 없었지. 여기 있는 건, 그저 소금 담긴 약병 하나와 (지킬의 무수한 실험들이 그랬듯이) 쓸모 있는 결과로는 전혀 이어지지 못한 일련의 실험 기록들뿐이니까. 내 집에 이런 물건들이 있는 게 어떻게 저 엉뚱한 친구의 명예나 제정신, 심지어 목숨에 영향을 미칠 수 있단 말인가?

심부름꾼이 어느 한곳에 갈 수 있다면, 다른 장소에 못 갈 이유는 또 뭔가? 무슨 문제가 있겠거니 한껏 이해해준다 쳐도, 왜 이 신사를 내가 남몰래 맞아야 할까? 생각하면 할수록 지금 이 상황은 정신병 탓이라는 확신이 강해졌지. 그래서 하인들은 일단 모두 물리긴 했지만, 자기방어용으로 쓸 수 있도록 오래된 권총을 장전했네.

런던 전역에 12시 종이 울려 퍼지자마자, 누군가 문을 몹시 살짝 두드리더군. 직접 문을 열러 나가니, 키 작은 남자 하나가 잔뜩 웅크린 채 현관 기둥에 기대 서 있었네.

"지킬 박사가 보냈습니까?" 내가 물었지.

그는 어색한 동작으로 "네" 하고 대답했네. 들어오라고 했는데도, 곧장 들어오지 않고 어두운 광장을 힐끔 돌아보더군. 멀지 않은 곳에 경관 하나가 등불을 들고 다가오고 있었는데, 그걸 보더니 깜짝 놀라면서 황급히 들어오는 것 같았네.

솔직히 이런 모습들이 다 마음에 들지 않았어. 그래서 그를 따라 환한 진료실로 들어오면서도 나는 계속 손을 권총에 대고 있었지. 진료실에 들어와서야 마침내 모습을 제대로 볼 수 있었어. 처음 보는 사람이었네. 그건 분명했어. 앞서 말했듯이, 덩치는 작았고. 하지만 내가 충격 받은 것은 그자의 소름 끼치는 표정, 엄청난 근육과 누가 봐도 약해 보이는 체격의 놀라운 조합, 그리고 ― 무엇보다도 ― 그에 옆에 있는 것만으로도 밀려오는 기이한 불안감이었네. 그건 초기 오한 증상과 비슷했고, 맥박까지 현저하게 떨어졌어. 그때만 해도 난 그게 다소 특이한 개인적 혐오감 때문이라고만 생각했고, 그런 급성 증상들이 그저 의아하기만 했네. 하지만 그 이후 난 그 이유가 인간 본성 저 깊은 곳에 있다고, 단순한 혐오보다 더 고차원적인 원리에 따른 것이라고 확실히 믿게 됐네.

(들어오는 순간부터 내게 역겨운 호기심이라고밖에 말할 수 없는 감정을 불러일으킨) 그자는 보통 사람이라면 웃음거리가 되기 딱 좋은 차림새를 하고 있었네. 그러니까, 그자가 입은 옷은 고급스럽고 점잖은 소재로 만들어졌지만, 어느 모로 보나 그자에겐 어마어마하게 컸어. 바지는 벙벙한 데다 땅바닥에 닿을까 봐 잔뜩 걷어 올리고 있었고, 외투 허리선은 엉덩이 아래에 와 있고, 옷깃은 어깨를 다 덮고 있었지. 이상한 일이지만, 그런 우스꽝스러운 복장에도 난 웃을 수가 없었다네. 오히려 나를 쳐다보고 있던 그자에게는 본질적으로 비정상적이고 상스러운 — 압도적이고 놀라우며 구역질 나는 — 뭔가가 있었기 때문에 이런 신기한 불균형이 그자의 본질과 어울릴 뿐만 아니라 그걸 더 강화시켜주는 것 같았네. 그래서 나는 그자의 본질과 성격에 대한 흥미 외에도 그의 출신, 삶, 그리고 재산과 지위에 대해서도 호기심을 가지게 됐네.

이렇게 길게 써놓긴 했지만, 그런 걸 살피는 데는 불과 수초밖에 걸리지 않았네. 방문객은 사실 극도로 음울한 흥분에 시달리고 있었어.

"가져왔습니까? 가져왔냐고요?" 그자는 소리를 질렀어. 초조해서 어쩔줄을 몰라하며 심지어 내 팔을 잡고 날 막 흔들어 대려고 하지 뭔가.

그의 손길이 닿자 피가 어는 것 같아 나는 화들짝 그를 밀쳐 버렸어. "진정하십시오. 아직 인사도 제대로 나누지 않았잖습니까? 우선 앉으시죠." 나는 본을 보이며 늘 앉던 의자에 앉았네. 야심한 밤, 이 기이한 임무, 방문객을 향한 두려움에도 불구하고 있는 힘을 다해 평소 환자들을 대할 때의 태도를 최대한 가장하며 태연한 척했지.

"죄송합니다, 래니언 박사님." 그자는 정중하게 대답하더군. "박사님 말씀이 옳으십니다. 조바심 때문에 무례한 모습을 보였군요. 제가 여기 온 것은 박사님 친구 분이신 헨리 지킬 박사님으로부터 중요한 업무상 부탁을 받았기 때문입니다. 제가 듣기로는……." 그는 잠시 말을 멈추고 손으로 목을 만지더군. 겉으로는 침착해 보였지만, 끓어오르는 히스테리와 싸우고 있는 게 내 눈엔 여실히 보였어. "제가 듣기로는, 서랍이……."

문득 방문객의 불안이 가엾게 느껴졌네. 커져만 가는 내 호기심도 약간 불쌍하게 느껴지기도 하고.

"저기 있습니다." 난 천으로 덮인 채 탁자 아래 바닥에 놓여 있는 서랍을 가리켰네.

그는 용수철처럼 상자에 달려들었다가 갑자기 멈추더니 가

84

슴에 손을 갖다 댔어. 턱이 경련하듯 떨리면서 이를 가는데, 그 소리가 내 귀에까지 들리더군. 그 안색이 어찌나 창백하던지 그의 목숨뿐 아니라 정신 상태까지 걱정되기 시작했네.

"좀 진정하십시오." 내가 말했네.

그는 섬뜩한 미소를 지어 보이더니, 마치 자포자기라도 한 듯이 천을 휙 걷어냈네. 그리고 내용물을 보더니 어마어마한 안도감에 목이 메어 커다랗게 한숨을 내뱉더군. 난 못 박힌 듯이 앉아 있었네. 하지만 다음 순간 그자는 이미 꽤 침착해진 목소리로 물었어. "계량컵 있습니까?"

나는 겨우 몸을 일으켜 필요한 물건을 가져다주었네.

그는 미소 지으며 고개를 까닥하고 감사 표시를 하더니, 미량의 붉은 팅크제*를 재서 약간의 분말과 섞더군. 처음에는 불그스름하던 혼합물은 결정이 녹을수록 밝아지더니 급기야 부글부글 끓어오르면서 약간의 증기를 내뿜기 시작했네. 갑자기, 그와 동시에 거품이 가라앉더니 용액은 진보라로 변했다가 매우 서서히 연녹색으로 엷어지더군. 이 변화 과정을 예리한 표정으로 지켜보던 방문객은 미소를 지으며 컵을 탁자 위에 내려놓고 돌아서서 나를 유심히 쳐다봤네.

"자, 이제 남은 문제를 결정할 때가 됐군요. 그래, 현명한 사람이 되시겠습니까? 안전한 길로 가시겠습니까? 그냥 제가 이

---

*생약(生藥)에 알코올 또는 묽은 알코올을 가하여 유효성분을 침출한 액체.

컵을 들고 더 이상 아무 말 없이 이 집에서 떠나도록 내버려두
시겠습니까? 아니면 그 탐욕스런 호기심이 시키는 대로 하시
겠습니까? 대답하시기 전에 잘 생각하십시오. 박사님이 결정
하시는 대로 될 테니까요. 박사님 결정에 따라 전과 다름없이
사실 수 있습니다. 더 부유해지는 일도, 더 현명해지는 일도 없
이 말입니다. 하긴 죽음과도 같은 고민에 빠진 사람에게 도움
의 손길을 줬으니 영혼의 재산이 늘어났다고 친다면 모를까.
아니면, 박사님의 선택에 따라, 박사님 눈앞에 새로운 차원의
지식과 새로운 명예와 권력의 길이 열릴 수도 있습니다. 여기
이 방, 바로 지금 이 순간에 말입니다. 악마의 불신을 뒤흔들어
놓을 정도로 황홀한 경이를 지켜보게 되실 겁니다."

"선생." 침착을 가장하고 있었지만, 내 속은 전혀 그렇지 못
했네. "수수께끼 같은 말씀을 하시는군요. 제가 그 말을 그다지
신뢰하지 않는다 해도 별로 놀라워하지는 않으실 거라 생각합
니다. 하지만 그 끝을 보지 않고 끝내기엔 이 불가해한 상황에
이미 너무 깊이 들어오지 않았나 싶군요."

"좋습니다. 래니언, 그 맹세를 명심하세요. 앞으로 일어날
일들에 대해선 우리 직업상 비밀엄수 약속을 지키셔야 합니다.
자, 박사님은 이제껏 가장 편협하고 유물론적인 시각에서 벗어
나지 못하고 초월적 약품의 가치를 부정해왔죠? 자신보다 뛰
어난 사람들을 조롱하면서요. 똑똑히 보시죠!"

그는 컵을 입에 대더니 한입에 꿀꺽 삼켰네. 그리고 비명 소

리가 이어졌지. 그는 휘청거리고 비틀대다 탁자를 붙들고 늘어졌어. 충혈된 눈을 부릅뜨고, 입을 크게 벌린 채 숨을 헐떡거렸지. 그리고 바로 내 눈앞에서 뭔가 변하기 시작했네. 몸이 팽창하는 것 같았어. 그러더니 얼굴이 갑자기 시커멓게 되면서 이목구비도 마구 일그러지며 변하는 게 아닌가! 다음 순간 나는 벌떡 일어나 벽까지 뒷걸음질 치지 않을 수 없었네. 그 놀라운 광경에서 나를 보호하기 위해 팔을 들어 올린 채. 공포로 정신이 아득해지더군.

"오, 맙소사! 맙소사!" 나는 비명을 지르고 또 질렀네. 왜냐하면 내 눈앞에 선 창백한 남자, 마치 죽음에서 깨어난 사람처럼 혼미한 정신으로 덜덜 떨면서 두 손으로 앞을 더듬거리고 있는 그 남자…… 그 사람이 헨리 지킬이었기 때문일세!

그후 한 시간 동안 그가 들려준 이야기는 도저히 못 적겠네. 난 그 광경을 봤고, 그 소리를 들었네. 내 영혼은 병들었어. 하지만 그 광경이 내 눈앞에서 사라진 지금, 그걸 믿을 수 있는지 자문해본다네. 모르겠어. 내 삶은 뿌리까지 흔들렸네. 잠을 이룰 수도 없고, 무시무시한 공포가 밤낮 없이 늘 내 옆자리를 지키고 있네. 죽을 날이 얼마 남지 않은 것 같아. 죽을 수밖에 없지. 하지만 난 회의를 품고 죽게 될 걸세. 그자가 참회의 눈물을 흘리며 들려준 윤리적 악행들은 생각만 해도 소스라치게 두렵네. 한 가지만 말하겠네, 어터슨. (내 이야기를 믿고자 한다면) 이거면 충분할 걸세. 지킬의 고백에 의하면, 그날 밤 내 집

에 기어 들어온 놈은 하이드라는 이름으로 알려져 있으며 커루
의 살인자로 이 나라 전역에 수배된 바로 그자라네.

헤이스티 래니언

헨리 지킬의 진술서

나는 18××년 상당한 재력가에서 태어났네. 거기다 근사한 체격과 근면성까지 타고났고, 현명하고 선한 동료들의 존경을 한 몸에 받았지. 그런 관계로, 당연한 이야기겠지만, 미래의 명예와 영광도 보장된 거나 다름없었네. 사실 내 최악의 흠이라고 해봤자 조금 억누르기 힘든 방탕한 기질 정도였어. 많은 사람들이 그런 행복을 추구하며 살지만, 내 경우엔 사람들 앞에서 머리를 꼿꼿이 들고 지극히 근엄한 표정을 짓고자 하는 오만한 욕망과 이를 화해시키기 힘들었네. 그러다 보니 이런 쾌락을 숨기게 되었고, 성찰의 나이가 되어 주위를 둘러보고 내 세속적 성취와 지위를 검토해보기 시작했을 무렵에는 이미 심각한 이중생활에 빠져 있었지. 내가 저지른 정도의 일탈이라면 도리어 떠벌리고 다닐 사람들도 수두룩하겠지만, 나는 스스로 정해

놓은 높은 기대 때문에 거의 병적인 수치심을 느끼며 그 일탈 행위들을 감췄네. 지금의 나를 만든 것은 특정한 비도덕적 과실이라기보다는 내가 품은 야심의 엄정함이었어. 인간의 두 가지 본성을 구분하고 합하는 선과 악의 영역 사이에 놓인 그 골이 내 마음속에서 대다수 사람들과는 비교도 안 되게 깊이 패여 있었네. 그리하여 나는 종교의 바탕이자 고통의 무한한 원천인, 그 엄정한 삶의 법칙에 대해 깊이 숙고하는 버릇이 생겼다네. 심각한 표리부동에도 불구하고 나는 결코 위선자는 아니었어. 내 양면은 모두 극도로 진지했거든. 자제심을 버리고 치욕 속으로 뛰어드는 나 또한, 지식을 증진시키거나 슬픔과 고통을 덜어주기 위해 노력하는 밝은 대낮의 나만큼이나 내 본연의 모습이었네. 그러던 중, 신비하고 초월적인 쪽으로만 매진했던 연구 방향 덕에 내 안에서 벌어지는 이 영원한 전쟁 같은 의식의 본질에 대한 강한 단서를 얻게 된 걸세. 나는 내 정신의 두 가지 측면, 즉 도덕성과 지성 양면에서 진리를 향해 매일매일 부단히 나아갔고, 마침내 그 진리의 일부를 깨달은 결과, 이렇게 끔찍한 파국을 맞고야 말았네. 그 진리란 바로, 인간은 진실로 하나가 아니라 진실로 둘이라는 사실이었지. 내가 둘이라고 하는 까닭은 내 지식이 그 지점을 넘어서지 못했기 때문일세. 내 의견에 동조하는 사람들, 그 분야에서 나를 넘어서는 사람들이 나오겠지. 어쨌든 나는 궁극적으로 인간은 다면적이고 부조리하며 서로 독립적인 인자들이 모여 이루어진 조직에 불과하다는 가설을 감히 내놓고 싶네. 나로 말하자면, 타고난 대로 한 점의 오류도 없이 한 방향으로만, 오직 한 방향으로만 나아갔어. 내가 인간의 완벽하고도 본원적인 이중성을 깨닫게 된 것은 도덕적 측면에서, 그리고 내 자신의 경험을 통해서였네. 내 의식 속에서 다투는 두 개의 본성 중 어느 하나가 나 자신이라고 분명하게 말할 수 있다고 해도, 그건 오로지 내가 근본적으로 그 둘 다이기 때문이야. 과학적 연구 과정에서 그러한 실낱같은 기적의 가능성을 어렴풋이 발견하기도 전인 아주 오래전부터, 나는 그런 인자들을 분리하는 생각을 백일몽처럼 즐겼네. 각각의 인자가 별개의 인격에 분리되어 담길 수 있다면, 쓰라린 인생의 고통은 모두 사라질 거라고. 부정한 인자는 보다 강직한 쌍둥이의 야망과 자책에서 해방되어 제 갈 길을 갈 수 있을 거라고. 올바른 인자 또한 자기가 좋아하는 선행을 행하며, 또 더 이상 이 무관한 악의 손 때문에 굴욕을 견디고 참회할 일도 없이 굳건하고 안전하게 똑바른 길을 갈 수 있을 것 같았지. 조화될 수 없는 이 인자들이 한 덩어리로 묶여 있는 게, 고통스러운 의식의 자궁 속에서 이 양극의 쌍둥이가 끊임없이 싸워야 하는 게 인류의 비극인 거야. 그렇다면, 이것들이 어떻게 분리되었느냐고?

전술한 그런 몽상에 빠져 있을 때, 실험실 탁자에서부터 그 문제에 약간의 서광이 비치기 시작했네. 나는 옷을 걸치고 돌아다니는, 이 견고해 보이는 육체가 사실은 굳건한 실체가 없으며 안개처럼 무상하다는 것을 그 어느 때보다 더 깊이 깨닫기 시작했어. 그리고 강풍이 천막의 휘장을 날리듯이 육신의 옷을 흔들어 벗겨낼 수 있는 모종의 약품을 발견했지. 두 가지 이유로 이 고백의 과학적 측면에 대해서는 상술하지 않겠네. 첫째, 삶의 운명과 멍에는 영원히 인간의 어깨에서 내려놓을 수 없다는 것을, 행여 그걸 벗어던지려 하면 결국은 더 낯설고 끔찍한 무게로 되돌아온다는 것을 깨달았거든. 두 번째, 안타깝게도 내 이야기가 여실히 증명해주겠지만, 내 발견은 불완전했어. 그 당시에는 내 정신을 구성하는 어떤 힘들의 영기와 광휘를 내 타고난 육체와 구분하여 인지했다는 것, 게다가 이 힘들의 패권을 빼앗고 제2의 형상과 외모로 대체할 수 있는 약을 만들어냈다는 것만으로도 충분했지. 그 제2의 육체 또한 내 영혼의 저급한 요소들을 고스란히 표현하고 복제했기 때문에 내게는 자연스러워 보였고.

이 이론을 실천에 옮기기까지 오랫동안 망설였네. 이것이 목숨을 거는 실험이라는 건 잘 알고 있었어. 견고한 정체성의 방벽을 그렇게 막강하게 통제하고 뒤흔드는 약은, 아주 미량만 과용하거나 투약 시점이 조금만 어긋나도 내가 기대하고 있던 비실체적인 임시 육신을 완전히 지워버릴 수도 있었으니까. 하지만 발견의 유혹이 너무나 강렬하고 깊어서, 결국 나는 위험 신호를 묵살하고 말았네. 팅크제 준비는 끝난 지 오래였지. 실험을 통해 마지막 필수 성분임을 알아낸 특정 소금도 대규모 제약회사에서 한꺼번에 구입해뒀고. 그리고 그 저주받은 야심한 밤, 난 마침내 성분들을 혼합한 다음 그 용액이 컵 속에서 김을 내며 부글부글 끓어오르는 과정을 지켜봤네. 그리고 끓어오르던 용액이 잠잠해지자, 용기를 한껏 끌어모아 그 약을 한 입에 들이켰어.

미칠 것 같은 고통이 뒤따르더군. 뼈를 가는 듯한 아픔과 지독한 메스꺼움, 생사의 순간보다 더한 영혼의 공포가 이어졌어. 다음 순간 그 고통들이 급속히 잦아들더니, 중병을 앓고 일어난 것처럼 정신이 들었네. 느낌이 이상했어. 형언할 수 없이 새롭고, 그 새로움 탓인지 믿을 수 없이 상쾌하더군. 몸이 더 젊고 더 가볍고 더 행복해진 느낌이었네. 내 안에서 새로운 의식들이 깨어났어. 나는 대책 없이 무모했고, 머릿속에서는 엉망진창의 관능적 이미지들이 개울물처럼 흘러갔어. 의무감은 녹아내렸고, 몰랐지만 순수하지는 않은 영혼의 자유가 느껴졌네. 새로운 생명을 처음 호흡하는 순간, 난 나 자신이 더 사악해졌다는 것을, 수십 배는 더 사악해졌다는 것을, 내 근원적 악의 노예가 되었다는 것을 깨달았어. 그 생각을 하자 와인을 마시는 것처럼 정신이 번쩍 들며 즐거워지더군. 이 신선한 감각을 만끽하며 두 손을 앞으로 뻗었고, 그 순간 난 내 체격이 왜소해졌다는 걸 갑자기 깨달았네.

그때는 이 방에 거울이 없었어. 지금 내 옆에 있는 전신 거울은 오로지 이 변신 과정을 위해 나중에 들여온 것이지. 밤은 이미 새벽으로 접어들어서, 아직은 어두웠지만 동틀 녘이 거의 다가오고 있었네. 집 안 사람들은 모두 정신없이 단잠에 빠져 있었고. 희망과 승리감에 도취된 나는 이 새로운 모습으로 침실까지 가는 모험을 감행했네. 안뜰을 가로지르는 나를 별들이 내려다보고 있더군. 잠도 없는 보초를 서는 내내 한 번도 본 적 없는 종류의 인물에 별들 또한 깜짝 놀랐을 거야. 나는 내 집에서 마치 이방인처럼 살금살금 복도로 들어가 내 방으로 향했네. 그리고 거기서 처음으로 에드워드 하이드의 생김새를 확인했어.

이제부터 하는 이야기는 오로지 가설일세. 확실하지는 않지만 가장 그럴듯하기 때문에 이야기하는 것뿐이야. 지금 통치권을 양도받은 내 본성의 악한 측면은 조금 전 폐위시킨 선한 자아보다 약하고 왜소했어. 생각해보면, 결국 내 인생의 10분의 9가 노력과 미덕과 절제로 점철된 삶이니, 그사이 악한 자아는 활동할 기회도, 지칠 기회도 훨씬 적었던 것 아니겠나. 그래서 에드워드 하이드가 헨리 지킬보다 훨씬 작고 가볍고 젊은 것이지. 헨리 지킬의 얼굴에 덕이 환하게 빛난다면, 하이드의 얼굴에는 악이 노골적이고도 명백하게 새겨져 있었네. 뿐만 아니라 악은 (나는 여전히 악이 인간의 치명적인 측면이라고 믿네) 그 육신에 기형과 타락의 날인을 새겨놓았어. 하지만 거울 속의 추악한 상을 보며 내가 느낀 건 반감이 아니라 반가움이었네. 그 모습 역시 나 자신이었어. 자연스럽고 인간적으로 보이더군. 내가 보기엔 하이드가 영혼의 이미지를 더 생생하게 포착하고 있었고, 이제껏 내가 익숙해져 있던 그 불완전하고 분열된 생김새보다 더 분명하고 개성적인 것 같았네. 그리고 지금까지 경험으로 볼 때, 내 생각은 전적으로 옳았어. 내가 에드워드 하이드의 모습을 하고 있을 때면, 내 주위에 가까이 오는 사람들은 하나같이 온몸으로 불안한 기색을 풍겼거든. 내 생각에, 우리가 접하는 인간들은 모두 선과 악이 뒤섞여 있는 존재인 데 반해 오직 에드워드 하이드만이 전 인류 중 유일하게 순수하게 악한 존재였기 때문인 것 같아.

거울 앞에서 꾸물거리고 있을 수는 없었네. 아직 두 번째 결정적인 실험이 남아 있었거든. 내 정체성이 회복할 수 없을 정도로 사라져버렸는지, 그래서 이제 더 이상 내 집일 수 없는 이 집에서 동이 트기 전에 달아나야만 하는지 확인해봐야 했어. 나는 황급히 서재로 돌아와서 다시 한 번 약을 만들어 마셨고 다시 한 번 무시무시한 소멸의 고통을 겪은 끝에 헨리 지킬의 성격과 체격, 얼굴을 가진 나 자신으로 돌아왔네.

그날 밤 나는 운명의 갈림길에 서 있었네. 보다 숭고한 마음으로 발견에 임했다면, 너그럽고 경건한 열망을 품고 실험을 감행했다면 모든 게 분명 달라졌을 테고, 이 죽음과 탄생의 고통에서 악마 대신 천사가 나왔을 수도 있었겠지. 약물의 작용에는 차별이 없어. 약물은 악하지도 신성하지도 않지. 그 약은 그저 내 기질의 감옥 문을 흔든 것뿐이고, 그 바람에 갇혀 있던 것들이 필립피의 포로들*처럼 뛰쳐나왔을 뿐이야. 그 순간 내 덕성은 잠들어 있었고, 야망에 불타 눈을 부릅뜨고 있던 악이 신속하게 기회를 꿰찬 거지. 그래서 뛰쳐나온 것이 에드워드 하이드라네. 그렇게 해서 나는 두 개의 생김새뿐만 아니라 두 개의 성격을 가지게 됐지만, 하나는 순수하게 악했고 하나는 여전히 과거의 헨리 지킬이었어. 그 부조리한 조합을 교정하거나 개선해보려는 생각을 난 일치감치 포기했네. 그래서 상황은 점점 더 악화되어갔어.

그때까지도 나는 무미건조한 연구 생활에 대한 반감을 극복하지 못하고 있었네. 여전히 재미를 좇고 싶은 마음이 불쑥불쑥 들었어. 사실 내가 좇는 재미라는 게 (좋게 봐준다 해도) 점잖지 않은 데다가, 난 유명하고 평판 좋은 신사에 초로의 나이로 접어들고 있는 판이라, 그런 이중적 삶이 점점 더 괴로웠네. 그리고 결국 새로운 힘이 나를 그쪽으로 유혹해 노예로 만들어버린 거지. 약을 마시기만 하면 유명 교수의 몸을 벗어던지고, 두터운 망토를 걸치는 것처럼 에드워드 하이드가 될 수 있는 거야. 그 생각을 하자 절로 미소가 떠오르더군. 그때만 해도 재

---

*로마의 제2차 삼두정치 말기인 BC 42년 마케도니아의 필립피에서 옥타비아누스-안토니우스-레피두스 세력과 브루투스-카시우스 세력 간에 벌어진 전투. 이 전투에서 안토니우스와 옥타비아누스, 레피두스는 카이사르의 암살자인 브루투스와 카시우스를 격파하고 로마 세계를 삼분하여 각각 동방과 서방, 아프리카를 장악했다. 스티븐슨이 여기서 말하는 필립피의 포로들이란 전투에서 승리한 옥타비아누스와 안토니우스가 포로들을 방면해주는, 셰익스피어의 《줄리우스 시저의 비극》 속 한 장면을 언급하고 있는 것이다.

미있어 보였어. 나는 철두철미하게 준비했네. 소호에 집을 사고 가구를 넣었지. 경찰의 추적을 받았던 그 집 말일세. 그리고 파렴치하고 입도 무겁다는 게 증명된 여자를 가정부로 들였어. 다른 한편 하인들에게도 (인상착의를 설명한 후) 하이드 씨가 내 집에서 완전한 자유와 권리를 누릴 것이라고 선언했네. 만약의 불운을 피하기 위해, 제2의 인격으로 집에 찾아와 하인들에게 얼굴을 알리기까지 했지. 그다음엔 자네가 심하게 반대한 유언장을 작성했네. 혹시나 지킬 박사 모습의 나에게 어떤 일이 생긴다 해도, 경제적 손해 없이 에드워드 하이드의 몸으로 살아가기 위해서였지. 그렇게 만반의 준비를 해둔 다음, 나는 드디어 지위의 의무감에서 벗어나 이 기이한 해방감을 즐기기 시작했네.

예전에는 사람들이 자객을 고용해 범죄를 저지르고, 자신과 자신의 명예는 안전하게 지켰지. 나는 쾌락을 위해 그런 짓을 저지른 최초의 인간이었네. 세간의 눈앞에서는 온화하게 점잖을 차리며 걷다가, 한순간 어린애처럼 껍데기를 모두 벗어던지고 자유의 바다로 곤두박질할 수 있는 최초의 인간이었어. 하지만 누구도 꿰뚫을 수 없는 망토 덕에 나는 완벽하게 안전했어. 생각해봐. 난 심지어 존재조차 하지 않잖나! 그냥 실험실로 도망가서, 항상 대기시켜놓는 약품을 섞어 마실 1, 2초의 시간만 있으면 충분해. 그럼 무슨 짓을 했든 간에 에드워드 하이드는 거울에 닿은 입김처럼 사라져버리고, 그 대신 서재에 조용히 앉아 한밤의 램프 심지를 다듬고 있을 사람은 세상의 어떤 의혹도 웃어넘길 수 있는 헨리 지킬이거든.

내가 위장한 모습으로 추구하기 급급했던 쾌락은, 말했다시피, 점잖은 건 아니었어. 그보다 심한 말은 쓰고 싶지 않네. 하지만 에드워드 하이드의 손에 넘어가자 그 쾌락은 곧 끔찍한 방향으로 가기 시작했네. 그래서 일탈에서 돌아왔을 때, 난 내 대리인이 저지른 악행에 종종 경악할 수밖에 없었어. 나 자신의 영혼에서 불러냈고, 자기 좋을 대로 하라고 내보낸 이 낯익은 존재는 천성이 악랄하고 비열했어. 행동과 사고는 지극히 자기중심적이었고. 그는 짐승처럼 탐욕스럽게 온갖 종류의 고통을 타인에게 가했고, 거기서 기쁨을 들이켰네. 게다가 돌처럼 냉혹하기까지 했지. 헨리 지킬은 에드워드 하이드가 저지른 악행들 앞에서 간혹 기겁했지만, 상황이 보통의 법에서 떨어져 있는 탓에 교활하게 양심의 가책으로부터 벗어났네. 결국 죄가 있는 건 하이드였고, 오직 하이드뿐이었으니까. 지킬은 다를 바 없었네. 그는 겉으로는 어떤 손상도 입지 않고 본래의 선한 인물로 다시 깨어났고, 심지어 가능한 경우에는 하이드가 저지른 악행을 서둘러 돌이키기까지 했어. 그래서 그의 양심은 계속해서 잠들어 있었네.

그렇게 눈감아준(사실 심지어 지금도 나는 내가 저지른 짓이라고 인정할 수가 없네) 파렴치한 짓들을 여기 소상히 적을 생각은 없네. 그저 징벌이 다가오고 있다는 경고와 그 일련의 과정들만 짚고 넘어가겠네. 사건이 하나 있었어. 별다른 문제를 일으키지 않았기 때문에 간단하게 언급만 하겠네. 어떤 아이에게 잔인한 짓을 해서 지나가는 행인의 분노를 산 적 있는데, 며칠 전에 봤더니 그 행인이 자네 친척이더군. 하여간 의사와 아이의 부모까지 합세하는 바람에 난 한순간 생명의 위협까지 느껴야 했어. 그래서 그들의 정당하기 이를 데 없는 분노를 달래기 위해 에드워드 하이드는 그들을 집으로 데려와 헨리 지킬의 이름으로 작성된 수표로 보상했지. 하지만 이런 식의 위험은 에드워드 하이드의 이름으로 다른 은행에 계좌를 개설함으로써 다시는 일어나지 않게 됐어. 그리고 원래의 사인을 거꾸로 기울여 써서 새 서명도 만들었고. 나는 내가 운명의 손이 건들 수 없는 영역에 있다고 생각했어.

댄버스 경 살인 사건이 벌어지기 두 달 전, 나는 또 다른 모험을 찾아 나왔네. 밤늦게 돌아와 다음 날 침대에서 일어났는데 뭔가 기분이 이상하더군. 주위를 돌아봐도 다 멀쩡했어. 분명히 광장에 있는 널찍한 내 방, 고급 가구들이 그대로 있었고, 마호가니 침대 디자인과 커튼 무늬도 달라진 게 없었지. 그럼에도 불구하고 계속 이상한 기분이 드는 거야. 내가 여기, 눈에 보이는 이곳이 아니라 에드워드 하이드의 몸으로 잠들곤 하는 소호의 조그만 방에서 일어난 것 같은 기분이 끈덕지게 들더군. 나는 스스로를 비웃으며, 늘 그랬듯이 심리학적 방식으로 이 환영의 요소들을 느긋이 분석하기 시작했고, 그러는 중에도 간혹 아늑한 아침잠에 다시 빠져들기도 했네. 그렇게 생각에 빠져 있던 중, 좀 더 정신이 들었을 때 어쩌다 내 손을 내려다보게 됐지. 헨리 지킬의 손은 (자네도 종종 말했다시피) 모양과 크기 모두 전문가다운 손, 크고 강하고 잘생긴 하얀 손이었네. 그런데 지금 이불을 반쯤 덮은 채 런던의 늦은 아침 햇살 속에서 내려다보고 있는 손은 분명 가늘고 힘줄이 불거지고 마디진 데다 거무스레하고 시커먼 털까지 수북하게 나 있었어. 그건 에드워드 하이드의 손이었네.

나는 놀라서 멍한 기분으로 30초는 족히 그 손을 바라보고 있었어. 다음 순간 느닷없이 울린 심벌즈 소리처럼 공포가 가슴을 때렸네. 나는 침대에서 펄쩍 뛰어내려 거울로 달려갔지. 눈앞에 보이는 모습에 피가 꽁꽁 얼어붙는 것만 같더군. 바로 그거야, 잠자리에 들 때는 헨리 지킬이었는데, 에드워드 하이드로 깨어난 걸세. 어떻게 이런 일이 벌어진 거지? 하지만 이 질문을 하자 또 다른 공포가 밀려오더군. 이걸 어떻게 돌려놓지? 이미 해가 중천이라 하인들은 모두 일어나 있었고, 약은 몽땅 다 서재에 있었어. 지금 내가 공포에 질린 채 서 있는 곳에서 계단 두 개를 내려가고 뒤쪽 통로를 지난 다음 탁 트인 안뜰을 가로질러 해부실을 통과해야 하는 먼 거리지. 얼굴이야 가릴 수 있겠지만, 키가 달라진 건 감출 수도 없는데 그게 무슨 소용이란 말인가? 바로 그 순간, 하인들이 내 두 번째 자아의 왕래에 익숙해져 있다는 생각이 번득 드는 거야. 난 극도의 안도감에 가슴을 쓸어내렸네. 나는 최대한 몸에 맞는 옷을 입고 방 밖으로 나갔어. 그 시간에 그런 이상한 복장을 한 하이드 씨와 마주친 브래드쇼가 빤히 나를 쳐다보다가 뒤로 물러나더군. 10분 후, 지킬 박사는 본모습으로 돌아와 인상을 찌푸린 채 식탁에 앉아 아침을 드는 둥 마는 둥 하고 있었지.

사실 식욕도 없었어. 이제까지의 경험을 완전히 뒤집어버린 이 불가해한 사건은 마치 바빌로니아 벽에 나타난 손가락*처럼 내가 받을 심판을 알려주고 있는 것만 같았네. 나는 이중자아의 문제와 가능성에 대해 그 어느 때보다 심각하게 고민하기 시작했어. 내 투사체는 요즘 활동도 많이 했고, 영양도 많이 섭취했지. 최근 에드워드 하이드는 키도 더 커진 것 같았고, (그 몸을 하고 있을 때에는) 혈액순환도 더 잘되는 기분이 들었어. 난 위험을 감지하기 시작했네. 이런 일이 오래 지속되면, 내 본성의 균형이 완전히 무너지고 자발적 변신 능력을 상실한 나머지, 돌이킬 수 없이 에드워드 하이드의 성격으로 고착되어버릴 수도 있었어. 약의 효력도 항상 똑같은 건 아니었네. 아주 초기에 한 번은 약이 전혀 듣지 않은 적이 있었어. 그 후로 두 배의 용량을 써야 했던 상황이 한 번 이상 벌어졌고, 한 번은 목숨을 걸고 세 배를 복용한 적도 있었네. 그래도 지금까지는 이런 불안정한 경우를 제외하고는 내 만족감을 해치는 일이라곤 없었

---

*성경의 〈다니엘〉 5장에 나오는 일화로. 바빌로니아 왕 벨사살의 연회 도중 허공에서 손이 불쑥 나와 제국의 멸망을 암시하는 글자들을 벽에 쓴다.

고, 그런 일조차 매우 드물었지. 하지만 그날 아침의 사건을 곰곰이 생각해보니, 초기에는 지킬의 몸을 벗어던지는 게 어려웠는데, 상황은 서서히 그러나 분명하게 반대로 변하고 있었네. 그러니 모든 점을 고려할 때 결론은 하나뿐이었어. 난 서서히 원래의 더 나은 자아를 잃어가고, 열등한 두 번째 자아와 하나가 되어가고 있었네.

이제 둘 중 하나를 선택해야 한다는 생각이 들더군. 내 두 본성은 기억은 공유하고 있지만, 다른 기능들은 전혀 다르게 나눠져 있었어. (복합체인) 지킬은 어떨 때는 예민하기 짝이 없는 두려움에 떨면서, 어떨 때는 탐욕스럽게 음미하며 하이드의 쾌락과 모험에 공감하고 이를 공유했네. 하지만 하이드는 지킬에게 관심도 없었어. 끽해야 지킬을 산적들이 추적을 피해 몸을 숨기는 동굴처럼 여겼지. 지킬이 아버지보다 더한 관심을 가졌다면, 하이드는 아들보다 더 무관심했네. 지킬과 운명을 같이한다는 건, 오랫동안 은밀히 탐닉해왔으며 최근에는 멋대로 포식하기 시작한 욕구들을 다 잊어야 한다는 뜻이었어. 하지만 하이드와 운명을 함께한다면, 무수한 이익과 열망을 포기하고 단박에, 영원히 사람들의 멸시를 받으며 친구도 없이 살아야 했지. 말도 안 되는 거래처럼 보이겠지만, 아직도 저울에 재봐야 할 고려 사항이 하나 더 있었네. 즉 지킬은 절제의 불 속에서 고통을 겪겠지만, 하이드는 자신이 잃어버린 것들을 의식조차 하지 못할 거라는 거야. 내 상황이 이상하기는 했지만, 이런 식의 논쟁은 인류의 역사만큼이나 오래되고 흔한 걸세. 비슷비슷한 동기와 불안감 때문에 유혹에 흔들리고 두려움에 떠는 죄인들의 운명이 결정되거든. 결국 그 수많은 동료들과 마찬가지로 나 또한 더 나은 쪽을 선택했지만 그걸 지켜나갈 힘이 부족했네.

그래. 나는 친구들에게 둘러싸이고 정직한 희망들을 품은, 불만에 찬 늙은 박사를 선택했어. 그리고 하이드로 변신해 누렸던 자유와 상대적 젊음, 가벼운 발걸음과 무모한 충동, 은밀한 쾌락에 단호히 작별을 고했지. 하지만 선택은 했어도 무의식적인 미련이 남아 있었던 것 같네. 소호의 집도 포기하지 않았고, 에드워드 하이드의 옷도 없애지 않아서 그 옷들은 지금도 여전히 서재에 그대로 있거든. 하지만 난 두 달 동안 내 결심을 충실하게 지켰어. 두 달 동안 이제껏 그 어느 때보다 엄격한 생활을 했고, 그 보상으로 양심의 인정을 누릴 수 있었어. 그러나 결국 시간이 가면서 최초의 불안감은 사라지기 시작했고, 양심의 찬양도 당연하게 여겨지기 시작하더군. 나는 다시 번민과 갈망으로 고통 받기 시작했어. 하이드가 자유를 찾아 몸부림치고 있었어. 결국 도덕성이 느슨해진 한 시간 사이, 나는 또다시 변신제를 만들고 마시고야 말았네.

주정뱅이가 자신의 나쁜 습관에 대해 곰곰이 생각한들 5백 번에 한 번이라도 그 짐승 같은 인사불성 상태가 야기한 위험들에 대해 고려할 것 같진 않아. 나 역시 마찬가지였네. 내 처지를 놓고 그렇게 오랫동안 고민했으면서도, 에드워드 하이드의 가장 큰 특징인 철저한 도덕의식의 부재와 언제라도 악을 저지를 수 있는 잔인함을 충분히 고려하지 못했어. 하지만 결국 그 때문에 벌을 받게 된 거지. 오랫동안 우리에 갇혀 있던 악한 본성은 포효하며 뛰쳐나와버렸어. 약을 마시는 순간에마저 점점 더 억제되지 않고 광폭하게 날뛰는 악의 의지가 느껴졌네. 그 불행한 희생자의 정중한 말을 듣고 있을 때 내 영혼에 참을 수 없는 폭풍이 일어난 것도 아마 그 때문이었을 거야. 적어도 신 앞에서 단언컨대, 도덕성을 갖춘 사람이라면 그렇게 사소한 자극에 그런 흉악한 범죄를 저질렀을 리가 없네. 나는 장난감을 부수는 아픈 아이처럼 이성을 잃고 말았어. 최악의 인간 말종도 유혹에 맞서 어느 정도는 자제심을 유지하는 본능적 균형 감각을 가진 법인데, 나는 그 모든 걸 자발적으로 벗어던져버렸네. 더욱이 난 사소하기 이를 데 없는 유혹에도 즉각 넘어갔지.

순간 지옥의 분노가 나를 불태웠네. 나는 정신을 잃은 채 황홀경에 휩싸여, 저항도 못 하는 육체를 미친 듯이 난타했어. 한 대 한 대 때릴 때마다 쾌감이 몰려왔지. 서서히 피로가 몰려오기 시작했을 때에서야, 광희의 정점에서 갑자기 공포의 전율이 심장을 관통하더군. 안개가 걷혔네. 내 인생은 끝장이었지. 나는 그 잔학의 현장에서 도망쳤어. 우쭐하면서도 두려웠네. 악에 대한 갈망은 자극과 충족을 얻었고, 삶에 대한 애정도 최고조에 달했어. 나는 소호 집으로 달려가 (일을 단단히 매듭짓기 위해) 내 서류들을 파기한 다음, 밖으로 나와 가로등 켜진 거리를 쏘다녔어. 내 마음은 여전히 분열된 황홀경에서 벗어나지 못하고 있었네. 난 내가 저지른 범죄를 흡족하게 돌이켜보며 몽롱한 정신으로 향후의 악행을 궁리하면서도, 혹시나 누군가 복수하러 쫓아올까 봐 정신을 바짝 차리고 귀를 기울이며 걸음을 재촉했네. 하이드는 약을 조제하며 노래를 흥얼거렸고, 그걸 들이켜며 죽은 자를 위해 건배했어. 변신의 고통도 그를 찢어놓지 못했지. 마침내 헨리 지킬이 감사와 후회의 눈물을 펑펑 흘리며 무릎을 꿇고 하느님께 깍지 낀 손을 들어 올렸네. 방종의 장막이 머리끝에서 발끝까지 찢겨 나가면서, 내 인생이 한눈에 보이더군. 아버지의 손을 잡고 산책하던 어린 시절부터 시작해서, 자신을 부정해가며 일에 몰두해 경력을 쌓아가던 지난 시절을 돌이켜 봤지만, 여전히 현실 같지 않은 느낌과 더불어 생각은 그날 밤의 저주받은 공포로 몇 번이고 다시 회귀했어. 마구 고함이라도 지르고 싶었네. 기억 속에서 몰려드는 저 끔찍한 모습과 소리들을 눈물과 기도로 억누르려고도 해봤어. 하지만 기도를 드리는 와중에도 추악한 악마의 얼굴은 여전히 내 영혼을 응시하고 있었어. 쓰디쓴 후회가 잦아들기 시작하자, 환희의 감정이 밀려들더군. 내 행동거지의 문제는 해결됐어. 그때부턴 하이드도 불가능한 몸이 됐지. 좋건 싫건 간에, 이제 난 선한 자아에만 갇힌 몸이 된 거야. 아, 그렇게 생각하자 어찌나 기쁘던지! 나는 겸손한 마음으로 기꺼이 자연스런 삶의 제약들을 새롭게 포용했네! 그리고 진심으로 포기하는 마음으로 그동안 부지런히 드나들던 문을 잠그고 열쇠도 짓밟아 버렸어!

　다음 날 살인의 목격자가 있다는 소식이 들렸고, 하이드의 범죄는 만천하에 드러났네. 게다가 희생자는 평판 좋은 신사였어. 그냥 범죄일 뿐만 아니라, 비극적 악행이었지. 그 소식을 듣고 나는 좀 기쁜 마음이 들기도 했어. 교수대에 대한 공포로 선한 충동들을 강화하고 지켜나갈 수 있을 것 같았거든. 지킬은 이제 내 은신처가 되었지. 하이드는 행여 잠시라도 내다봐선 안 돼. 그러면 온 세상 사람들이 달려들어 잡아 처형할 테니까.

　나는 과거를 보상하기 위해 미래의 행동에 골몰했네. 그리고 솔직히 말해서 이 결심은 어느 정도 성과도 있었어. 작년 마지막 몇 개월 동안 고통을 덜기 위해 내가 얼마나 열심히 노력했는지는 자네가 잘 알 거야. 나는 사람들을 위해 많은 일을 했고, 시간은 평화롭게, 거의 행복하게 흘러갔네. 진심으로 말하건대, 나도 이 자애롭고 결백한 삶이 지겹지 않았어. 오히려 매일매일 그 생활을 더 완전하게 만끽했네. 내 이중적 목적은 여전히 저주처럼 날 괴롭히고 있었어. 결국 처음에 벼린 참회의 칼날이 무뎌져 가면서, 오랫동안 제멋대로 살다 최근 꼼짝달싹 못하게 된 저열한 자아도 방종의 자유를 찾아 으르렁대기 시작했지. 하이드의 부활을 꿈꾼 건 아니었네. 그런 생각만으로도 깜짝 놀라 펄쩍 뛸 지경이었지. 하지만 다시 한 번 양심을 희롱

하고픈 유혹에 빠진 건 나 자신의 모습으로였어. 말 못할 평범한 죄인으로서 마침내 유혹의 공격에 넘어가고 만 걸세.

만사에는 끝이 있어. 아무리 넓은 그릇이라도 결국엔 채워지는 법이지. 그리하여 이렇게 짐짓 잠깐 악에 넘어간 게 내 영혼의 균형을 파괴하고 말았네. 그런데도 난 경고도 느끼지 못했어. 타락은 발견 이전의 시절로 돌아가는 것만큼이나 자연스러웠지. 1월의 어느 화창한 날이었네. 서리가 녹아 길바닥은 진창이었지만 하늘엔 구름 한 점 없었고, 리전트 공원에는 겨울새들의 노랫소리와 달콤한 봄 향기가 가득했어. 난 벤치에 앉아 햇볕을 쬐고 있었네. 내 안의 짐승은 기억의 조각들을 핥고 있었고, 영적 자아는 향후의 참회를 예견하면서도 아직은 움직일 기색 없이 꾸벅꾸벅 졸고 있었어. 난 생각했지, 결국 나도 주변 사람들과 다를 바 없다고. 하지만 또 나와 다른 사람들을 비교하고, 내 능동적인 호의와 그들의 잔인한 무관심을 비교하니 미소가 지어지더군. 그렇게 헛된 생각에 빠져 있던 중, 갑자기 현기증이 나를 덮치더니 무시무시한 메스꺼움과 미칠 것 같은 오한이 밀려왔어. 증세는 금세 사라졌지만, 난 기절하고 말았네. 잠시 후 점차 정신이 돌아오기 시작했는데, 내 사고 기질의 변화가 느껴지기 시작했네. 난 훨씬 더 대담했고, 무모했고, 의무감도 눈 녹듯 사라졌어. 내려다봤더니, 옷은 쪼그라든 수족에 꼴사납게 늘어져 있고, 무릎에 놓인 손은 힘줄이 불거지고 털이 수북하더군. 또다시 에드워드 하이드가 된 거지. 조금 전만 해도 나는 만인의 사랑과 존경을 받는 부자이다. 집 식당엔 나를 위한 식탁이 준비되어 있었는데. 그런데 난 이제 교수대에 매달려야 할 악명 높은 살인자, 인류의 적으로 집도 없이 쫓기는 신세가 된 걸세.

순간 판단력이 흔들렸지만, 완전히 무너지진 않았어. 두 번째 자아 상태일 때 신체 기능들이 극히 예리해지고 정신도 더 유연해지는 걸 여러 번 경험한 바 있거든. 그래서 지킬이라면 포기했을지 모르는 상황에서도 하이드는 상황의 중요도에 맞게 대처하곤 했지. 내 약은 서재 유리장에 들어 있었어. 그걸 어떻게 가져오지? 난 (관자놀이를 움켜쥐고) 이 문제 해결에 착수했네. 실험실 문은 내가 잠가버렸고. 집 쪽으로 들어가면 내 하인들이 날 교수대에 넘길 테고. 결국 다른 손을 빌릴 수밖에 없다는 결론이 나왔네. 그러자 래니언이 떠오르더군. 그런데 또 래니언에게는 어떻게 연락하지? 설득은 어떻게 하고? 거리에서 붙잡히는 건 피한다 쳐도, 래니언 앞까지는 어떻게 간단 말인가? 게다가 생면부지의 불쾌한 방문자일 내가 무슨 재주로 유명 내과 의사를 설득해 동료 지킬 박사의 서재를 뒤지게 할 수 있겠나? 그 순간 내 원래의 자아에서 한 가지 특징은 남아 있다는 사실이 떠올랐네. 내 필체는 그대로였거든. 그렇게 번득이는 착상이 떠오르고 나자, 그다음은 일사천리였네.

나는 즉시 최대한 옷매무새를 정리하고 지나가는 마차를 부른 다음 그 순간 이름이 떠오른 포틀랜드 가의 한 호텔로 향했네. 내 꼴을 본 마부는 웃음을 감추지 못하더군. (그 옷에 가려진 운명이 아무리 비극적인들, 모습 자체는 사실 우스꽝스럽기 그지없었으니까.) 내가 이를 갈며 악마처럼 격노하자, 마부의 얼굴에서 웃음기가 사라졌네. 마부에게도 다행한 일이지만, 내게는 더 다행이었어. 다른 때 같았으면, 분명 그자를 마부석에서 끌어내렸을 테니까. 호텔에 들어가면서는 인상을 있는 대로 찌푸려 종업원들에게 잔뜩 겁을 줬더니, 내 앞에서는 서로 눈짓도 하지 못하고 굽신굽신 명령에 따르더군. 난 종업원들의 안내에 따라 객실로 갔고, 필기도구도 받았네. 생명의 위협에 처한 하이드는 내게도 새로운 존재였어. 그는 터질 것 같은 분노로 몸을 떨며 당장이라도 살인을 저지를 기세였고, 폭력을 쓰고 싶어서 어쩔 줄 모르더군. 하지만 그자는 교활했네. 그는 엄청난 의지로 분노를 억누르고, 중요한 편지 두 통을 썼어. 하나는 래니언, 하나는 풀에게. 그러고는 제대로 배달되었다는 증거를 받기 위해 등기로 보내라고 지시했어. 그때부터 그는 손톱을 물어뜯으며 하루 종일 객실 난롯가에 앉아 있었다네. 식사도 거기 혼자 앉아 두려움에 떨며 했지. 웨이터도 그 앞에서 벌벌 떨고. 밤이 깊어지자, 그는 창문을 내린 마차 구석에 올라타 도시의 거리를 이리저리 돌아다녔네. '그'라고 부르는 건, 차마 '나'라고는 부를 수 없어서야. 지옥이 낳은 그자에게 인간미라곤 없었네. 그 내면엔 오로지 두려움과 증오뿐이었지. 마부가 의심하기 시작한다는 생각이 들자, 마침내 그는 마차에서 내려 야밤의 인파 속으로 걸어 들어갔네. 안 맞는 옷까지 걸치고 있으니 눈에 띄기 딱 좋았지. 마음속에선 오로지 두려움과 증오라는, 그 두 저열한 감정만이 폭풍처럼 들끓고 있었어. 그는 두려움에 쫓겨 혼자 웅얼대며 발걸음을 재촉했네. 그나마 인적이 드문 길로 숨어 다니며 자정까지 남은 시간을 계산했지. 한번은 어떤 여자가 성냥갑 같은 걸 내밀며 말을 걸었는데, 그가 뺨을 갈기자 달아나버리더군.

래니언의 집에서 나 자신으로 돌아왔을 때, 친구가 보인 공포에 어쩌면 다소 영향을 받았을지도 몰라. 모르겠네. 몇 시간 전 상황을 돌이켜보며 내가 느끼는 공포에 비하면 그건 기껏해야 대양에 떨어진 물방울 정도밖에 안 되니까. 하여간 내겐 변화가 생겼어. 이제 두려운 건 교수대가 아니었네. 정말 괴로운 건 하이드가 되는 공포였어. 래니언의 비난을 듣는 것도, 내 집에 돌아와 침대에 누운 것도 아련한 꿈속에서 벌어진 일 같았지. 그러고는 놀라고 힘든 하루 끝에 지금 나를 괴롭히고 있는 악몽들조차 깨울 수 없을 정도로 깊고 절박한 잠에 빠졌어. 아침에 일어나니 충격을 받아 기력이 좀 떨어지긴 했지만 그래도 기분은 상쾌하더군. 내 안에 잠든 짐승을 생각하는 것만으로도 여전히 증오심과 두려움이 밀려왔고, 전날의 끔찍한 위험도 물론 잊지 않았지만, 그래도 난 다시 약이 지척에 있는 내 집에 돌아왔으니까. 게다가 위기에서 탈출한 기쁨이 어찌나 환하던지, 최고의 희망과 밝기를 겨룰 정도였네.

난 기쁜 마음에 아침 식사 후 한가로이 안뜰을 산책하며 싸늘한 공기를 마시고 있었네. 그런데 그때 변신을 알리는 형언할 수 없는 느낌이 다시 나를 에워싼 걸세. 하이드의 분노에 또다시 사로잡히기 전에 난 가까스로 안전한 서재까지 갔고, 이런 경우엔 자신으로 돌아가는 데 두 배의 투약이 필요했어. 그런데 맙소사, 여섯 시간 후 우울한 얼굴로 난롯가에 앉아 있는데 또다시 고통이 찾아왔고, 또 약을 먹어야만 했던 걸세. 요컨대, 그날 이후로는 곡예라도 하는 것 같은 엄청난 노력과 즉각적인 투약 없이는 지킬의 얼굴을 유지할 수가 없었어. 밤낮을 가리지 않고 변신을 예고하는 떨림이 나를 덮쳤지. 게다가 잠이 드는 건 물론 의자에서 깜박 졸기만 해도, 늘 하이드가 되어서 깨어나는 걸세. 끊임없이 들이닥치는 이 저주로 인한 긴장과 스스로 자초한 형벌인 불면, 그것도 인간의 한계를 넘어선 불면 때문에, 난 내 몸을 하고 있는데도 탈진과 고열에 시달렸어. 몸과 마음이 피폐해졌고, 머릿속에는 한 가지 생각, 나의 또 다른 자아에 대한 공포심밖에 없었지. 하지만 잠이 들거나 약효가 떨어질 때면, 변화되는 과정조차 거의 없이(변신의 고통도 나날이 줄어들었네) 공포의 이미지들로 가득 찬 집착적 환상, 근거 없는 증오로 불타오르는 영혼, 끓어오르는 삶의 에너지에 비해 비루해 보이는 육체 속으로 내동댕이쳐졌네. 하이드의 힘은 지킬이 약해질수록 커져가는 것 같았어. 지금 이들을 나누고 있던 증오는 양편이 똑같았네. 지킬에게 증오는 생존 본능이었어. 이제 그는 자신과 의식 현상의 일부를 공유하고 있으며 죽음의 공동 상속자인 그놈의 흉측함을 있는 대로 다 봤으니까. 그런데 그를 가장 통렬히 괴롭히고 있는 이 공존 관계를 넘어서면, 그 넘치는 삶의 에너지에도 불구하고 하이드는 흉악할 뿐만 아니라 뭔가 무생물적인 존재라는 생각이 들었어. 그건 충격적이었지. 구덩이의 점액이 비명을 지르고 소리를 내다니, 무정형의 티끌이 손짓을 하고 죄를 짓다니, 죽어서 형체도 없는 것이 삶의 직무를 찬탈하다니 말일세. 게다가 밀려오는 그 공포는 그의 육신 속에 갇혀 있으니, 아내보다, 아니 눈보다 더 가깝게 달라붙어 있지 않은가. 그는 자신의 육신 속에서 놈이 투덜대는 소리를 듣고, 태어나려고 꿈틀대는 태동을 느꼈네. 놈은 그가 약해지거나 곤히 잠들 때마다 그를 지배하고 삶에서 물러나게 했다네. 지킬을 향한 하이드의 증오는 차원이 달랐어. 그는 교수대가 두려워 부단히 일시적 자살을 저지르고 온전한 한 사람이 아닌 종속 상태로 회귀했지만, 그래야만 하는 상황을 증오했고, 현재 지킬의 무기력한 모습도 싫어했네. 자신에 대한 반감에도 분개했어. 그래서 놈은 원숭이 같은 장난으로 날 갖고 놀았네. 내 책에 내 글씨로 불경스런 소리들을 휘갈겨놓고, 편지를 태우고, 아버지의 초상화를 난도질했지. 정말이지 죽음의 공포만 아니었다면, 놈은 공도동망을 위해 이미 오래전에 자해라도 저질렀을 거야. 하지만 삶에 대한 놈의 애착은 대단했어. 조금 더 나가볼까. 놈을 생각만 해도 메스껍고 몸서리가 쳐지는 나조차 그 비굴하고 열정적인 애착이나, 자살로 내가 자기를 떼어버릴 수 있다는 걸 그가 얼마나 두려워하는지를 떠올리면, 진심으로 불쌍한 마음이 들거든.

더 이상 길게 늘어놔봤자 무슨 소용이 있겠는가. 게다가 이렇게 끔찍하게 시간이 없는 판국에. 누구도 이런 고통을 겪은 적이 없다는 정도만 이야기하겠네. 그런데 심지어 이런 고통에도 내성이 생겨— 아니, 고통이 완화됐다는 건 아니네— 영혼은 무디어져가고 절망에 순응하게 되더군. 지금 벌어진 최후의 불운이 아니었다면 이런 식의 형벌이 몇 년이고 계속됐을지도 모르지. 결국 날 내 얼굴과 본성에서 완전히 절연시키고 만 이 불운 말일세. 처음 실험한 날 이후 한 번도 보충하지 않았던 소금이 바닥나기 시작한 거야. 사람을 보내 새 재료를 사서 약을 조제했지. 약은 거품을 일으키며 끓어올랐고, 첫 번째 변색까지 갔지만 두 번째는 일어나지 않더군. 마셔도 봤지만 아무 효과가 없었어. 런던을 샅샅이 뒤지게 했다는 소리는 풀에게서 들었을 걸세. 그것도 소용없었어. 이쯤 되니, 처음 물량이 정제품이 아니었고 그 미지의 불순물 때문에 약의 효과가 생긴 게 아닐까 하는 생각까지 들더군.

약 일주일이 지났어. 난 예전 분말의 마지막 힘을 빌려 이 진술을 마무리하고 있네. 기적이 없다면, 헨리 지킬이 자기 머리로 생각하고 거울에서 자기 얼굴(이렇게 초췌하게 변하다니!)을 보는 것도 이게 마지막일 걸세. 이 글을 마치는 데 더 이상 시간을 끌어서도 안 돼. 혹시나 내 이야기가 지금까지 온전히 남아 있다면, 그건 대단한 신중함과 엄청난 행운의 조합으로 이루어진 일일 거야. 글을 쓰는 동안 변신의 고통이 나를 덮친다면, 하이드가 편지를 갈가리 찢어버릴 테니까. 하지만 내가 편지를 감춘 후 어느 정도 시간이 지난다면, 놈의 놀라운 이기심과 순간에 집중하는 성향 덕분에 어쩌면 놈의 원숭이처럼 사악한 행동으로부터 편지를 구할 수 있을지도 몰라. 사실 우리 둘 다의 목을 죄어 들어오는 재앙이 이미 그를 변화시키고 망가뜨려버렸거든. 지금부터 30분 후, 내가 그 혐오스런 인격의 옷을 다시, 그리고 영원히 걸치게 될 때면, 나는 이 의자에 앉아 벌벌 떨며 흐느끼고 있을 걸세. 아니면 (지상에서 내 마지막 은신처인) 이 방을 왔다 갔다 하며 극도의 긴장과 두려움에 혼미해진 정신으로 온갖 위협의 소리에 귀를 기울이고 있을지도 모르지. 하이드가 교수대에서 죽을까? 아니면 마지막 순간 스스로를 해방시킬 용기를 낼까? 하느님만이 아시겠지. 난 상관 안 해. 지금이 내 진정한 죽음의 순간이니까. 앞으로 일어날 일은 내가 아니라 하이드의 문제야. 그러니 나는 여기서 펜을 내려놓고 이 고백의 편지를 봉인하며 불행한 헨리 지킬의 삶을 마감하고자 하네.

지킬 박사와 하이드 씨의 기이한 사례

블라디미르 나보코프*

《지킬 박사와 하이드 씨》는 1885년 로버트 루이스 스티븐슨이 영국 해협 연안 도시 본머스에서 폐출혈로 투병하고 있던 중 집필되었고, 1886년에 출판되었다. 지킬 박사는 풍채 좋고 인정 많은 내과의사이지만 인간적 약점으로 인해 약물의 힘을 빌려 하이드라는 이름의 잔인하고 짐승 같은 악당으로 변신한다. 아니, 응축되거나 전락한다. 그리고 그 인물의 몸으로 갖가지 범죄를 저지른다. 한동안은 지킬의 인격으로 돌아오는 데 문제

---

*블라디미르 나보코프는 1940년 미국으로 건너왔고, 이후 약 20년간 웨슬리, 하버드, 스탠퍼드, 코넬 대학교에서 유럽 소설과 러시아 문학에 대해 강의했다. 이 에세이는 그가 코넬 대학교에서 러시아문학과 교수로 재직하던 당시의 수업 강의록을 프레드슨 바우어스가 모아 1980년 하코트 브레이스 조바노비치 출판사에서 출판한 《문학강의(Lectures on Literature)》중 한 챕터이다. 《문학강의》는 《지킬 박사와 하이드 씨》외에 제인 오스틴의 《맨스필드 파크》, 찰스 디킨스의 《황폐한 집》, 귀스타브 플로베르의 《보바리 부인》, 마르셀 프루스트의 《스완의 집 쪽으로》, 프란츠 카프카의 《변신》, 제임스 조이스의 《율리시즈》에 대한 논의를 담고 있다.

가 없었지만—약은 하이드 변신제와 지킬 회복제, 두 가지가 있다—, 점차 우월한 본성이 약해져가면서 결국 지킬 회복제가 말을 듣지 않게 되고, 발각 일보 직전 그는 독을 마시고 자살한다. 이것이 간략한 이야기의 줄거리이다.

우선 여러분이 내가 가진 포켓북스* 판본을 가지고 있다면, 괴물 같고 혐오스럽고 잔학하며 상스럽고 사악하고 젊은이들을 타락시킬 표지, 아니 구속복**을 덮어 가려라. 시신애호가 감독들이 연출하고 삼류배우들이 연기한 이 이야기의 패러디물들, 그리고 그 패러디물들이 영화로 만들어져 극장이라 불리는 곳에서 상영된다는 사실도 무시해라. 내가 보기에 영화관을 극장이라고 부르는 건 염꾼을 장례지도사라 부르는 거나 마찬가지다.

자, 지금부터 중요한 권고 사항을 말하겠다. 부디 《지킬과 하이드》가 일종의 추리물, 탐정물, 아니면 영화라는 기존 관념을 완전히 버려라. 잊어라, 지워버려라, 배운 걸 없애라, 망각에 넘겨라. 물론 1885년에 쓰인 스티븐슨의 중편소설이 현대 추리물의 조상이라는 것은 사실이다. 하지만 오늘날의 추리물에는 스타일이라는 게 전혀 없다. 기껏해야 판에 박힌 장르물일 뿐이다. 솔직히 말해서, 난 탐정물의 팬이라며 수줍게 떠벌

---

*사이먼 앤드 슈스터 사의 한 분과로 주로 문고판을 낸다.
**책표지를 '재킷(jacket)'이라고 하는데, 정신병자들에게 입히는 '스트레이트재킷(straightjacket)'과 공통점이 있음을 이용하여 말장난을 한 것이다.

나보코프가 직접 그린 《지킬 박사와 하이드 씨》 표지

리고 다니는 그런 교수가 아니다. 탐정물은 내 취향에 부합하기에는 너무나 엉망진창이고 따분하기 그지없으니까. 하지만 스티븐슨—신께서 그의 순수한 영혼을 축복하시길—의 이야기는 탐정물로서는 어설프다. 그렇다고 비유담도 알레고리도 아니다. 둘 중 뭐라 하든 재미없기는 마찬가지일 거다. 하지만 이 이야기를 하나의 스타일 현상으로 보면 그만의 매력이 있다. 이 이야기는 단순히 훌륭한 '악귀 이야기'가 아니다. (코울리지가 마법적 사고(思考)로 그 걸작 미완성 시*의 비전을 얻은 것처럼, 스티븐슨은 꿈에서 이 이야기를 생생하게 보고 화들짝

---

*새뮤얼 코울리지의 미완성 시 〈쿠블라 칸〉.

깨어나 "악귀 이야기다"라고 외쳤다.) 더 중요한 것은, 이 이야기가 "평범한 산문 이야기보다는 시에 더 가까운 우화"이며, 따라서 《보바리 부인》이나 《죽은 영혼들》 같은 작품들과 동일한 차원의 예술에 속한다는 점이다.

이 책에는 향긋한 와인 같은 맛이 있다. 실제로 이 이야기 속에는 오래 묵은 향기로운 와인들이 자주 등장한다. 어터슨이 편안히 앉아 홀짝대는 와인이 떠오르지 않는가. 기운을 돋우는 이 거품 이는 음료의 맛은 지킬이 먼지 쌓인 실험실에서 조합하는 마법 시약, 그 카멜레온 음료가 유발하는 얼음장 같은 고통과는 천지차이다. 모든 것들이 감각에 생생하게 다가온다. 곤트 가의 가브리엘 존 어터슨의 입에서 나오는 말들은 매우 직설적이다. 런던의 쌀쌀한 아침에는 싸늘하게 톡 쏘는 맛이 있고, 지킬이 '하이드화' 과정에서 거치는 끔찍한 감각들의 묘사에서는 심지어 일종의 감미로운 분위기마저 느껴진다. 스티븐슨은 속임수를 제대로 부리기 위해, 두 가지 난제를 해결하기 위해서 스타일에 크게 의존해야 했다. 그 난제란 (1)마법의 약이 화학적 성분에 의거한 그럴듯한 약처럼 보이게 하는 것, (2)하이드화 이전과 이후 지킬의 악한 면을 그럼직한 악으로 보이게 하는 것이다. "전술한 그런 몽상에 빠져 있을 때, 실험실 탁자에서부터 그 문제에 약간의 서광이 비치기 시작했네. 나는 옷을 걸치고 돌아다니는, 이 견고해 보이는 육체가 사실은 굳건한 실체가 없으며 안개처럼 무상하다는 것을 그 어느 때보다 더 깊이 깨닫기 시작했어. 그리고 강풍이 천막의 휘장을 날리듯이 육신의 옷을 흔들어 벗겨낼 수 있는 모종의 약품을 발견했지. 〔……〕 내 정신을 구성하는 어떤 힘들의 영기와 광휘를 내 타고난 육체와 구분하여 인지했다는 것, 게다가 이 힘들의 패권을 빼앗고 제2의 형상과 외모로 대체할 수 있는 약을 만들어냈다는 것만으로도 충분했지. 그 제2의 육체 또한 내 영혼의 저급한 요소들을 고스란히 표현하고 복제했기 때문에 내게는 자연스러워 보였고.

이 이론을 실천에 옮기기까지 오랫동안 망설였네. 이것이 목숨을 거는 실험이라는 건 잘 알고 있었어. 견고한 정체성의 방벽을 그렇게 막강하게 통제하고 뒤흔드는 약은, 아주 미량만 과용하거나 투약 시점이 조금만 어긋나도 내가 기대하고 있던 비실체적인 임시 육신을 완전히 지워버릴 수도 있었으니까. 하지만 발견의 유혹이 너무나 강렬하고 깊어서, 결국 나는 경고 신호를 묵살하고 말았네. 팅크제 준비는 끝난 지 오래였지. 실험을 통해 마지막 필수 성분임을 알아낸 특정 소금도 대규모 제약회사에서 한꺼번에 구입해뒀고. 그리고 그 저주받은 야심한 밤, 난 마침내 성분들을 혼합한 다음 그 용액이 컵 속에서 김을 내며 부글부글 끓어오르는 과정을 지켜봤네. 그리고 끓어오르던 용액이 잠잠해지자, 용기를 한껏 끌어모아 그 약을 한 입에 들이켰어.

미칠 것 같은 고통이 뒤따르더군. 뼈를 가는 듯한 아픔과 지독한 메스꺼움, 생사의 순간보다 더한 영혼의 공포가 이어졌어. 다음 순간 그 고통들이 급속히 잦아들더니, 중병을 앓고 일어난 것처럼 정신이 들었네. 느낌이 이상했어. 형언할 수 없이 새롭고, 그 새로움 탓인지 믿을 수 없이 상쾌하더군. 몸이 더 젊고 더 가볍고 더 행복해진 느낌이었네. 내 안에서 새로운 의식들이 깨어났어. 나는 대책 없이 무모했고, 머릿속에서는 엉망진창의 관능적 이미지들이 개울물처럼 흘러갔어. 의무감은 녹아내렸고, 몰랐지만 순수하지는 않은 영혼의 자유가 느껴졌네. 새로운 생명을 처음 호흡하는 순간, 난 나 자신이 더 사악해졌다는 것을, 수십 배는 더 사악해졌다는 것을, 내 근원적 악의 노예가 되었다는 것을 깨달았어. 그 생각을 하자 와인을 마시는 것처럼 정신이 번쩍 들며 즐거워지더군. 이 신선한 감각을 만끽하며 두 손을 앞으로 뻗었고, 그 순간 난 내 체격이 왜소해졌다는 걸 갑자기 깨달았네. 〔……〕 헨리 지킬의 얼굴에 덕이 환하게 빛난다면, 하이드의 얼굴에는 악이 노골적이고도 명백하게 새겨져 있었네. 뿐만 아니라 악은 (나는 여전히 악이 인간의 치명적인 측면이라고 믿네) 그 육신에 기형과 타락의 날인을 새겨놓았어. 하지만 거울 속의 추악한 상을 보며 내가 느낀 건 반감이 아니라 반가움이었네. 그 모습 역시 나 자신이었어. 자연스럽고 인간적으로 보이더군. 내가 보기엔 하이드가 영혼의 이미지를 더 생생하게 포착하고 있었고, 이제껏 내가 익숙해져 있던 그 불완전하고 분열된 생김새보다 더 분명하고 개성적인 것 같았네. 그리고 지금까지 경험으로 볼 때, 내 생각은 전적으로 옳았어. 내가 에드워드 하이드의 모습을 하고 있을 때면, 내 주위에 가까이 오는 사람들은 하나같이 온몸으로 불안한 기색을 풍겼거든. 내 생각에, 우리가 접하는 인간들은 모두 선과 악이 뒤섞여 있는 존재인데 반해 오직 에드워드 하이드만이 전 인류 중 유일하게 순수하게 악한 존재였기 때문인 것 같아."

지킬과 하이드라는 이름은 스칸디나비아어에서 왔다. 아마도 스티븐슨은 내가 찾아본 고색청연한 성씨 책의 똑같은 페이지에서 그 이름들을 고른 것 같다. 하이드는 앵글로색슨어로는 히드(hyd), 덴마크어로는 '항구'를 의미하는 '하이드(hide)'에서 유래했다. 지킬은 '고드름'을 의미하는 덴마크어 이름, '요쿨러(jokulle)'에서 왔다. 이 간단한 유래를 모를 경우, 온갖 상징적 의미들을 찾게 된다. 특히 하이드의 경우, 가장 뻔한 상징적 해석은 하이드가 익살스런 박사와 살인자의 복합체인 지킬 박사의 일종의 은신처라는 것이다.

읽은 이가 거의 없는 이 책에 관한 세간의 의견들은 세 가지 중요한 점을 완전히 망각하고 있다.

1. 지킬은 선한가? 아니다. 그는 선과 악이 혼합된 복합물, 99퍼센트의 지킬과 1퍼센트의 하이드의 조합제(혹은 포충. 이는 그리스어 '물'에서 유래한 단어로, 동물학에서는 인간과 다른 동물들의 몸 안에 있는 조그만 주머니*, 즉 촌충의 유충이 들어

있는 투명한 액체가 담긴 주머니를 말한다. 적어도 촌충 녀석에게는 꽤나 쾌적한 장치일 것이다. 그래서 어떤 의미에서 하이드 씨는 지킬 박사에게 기생하는 기생충이라 할 수 있다. 하지만 분명히 말해두겠지만, 스티븐슨이 이런 걸 염두에 두고 이 이름을 선택한 것은 절대 아니다)이다. 지킬은 빅토리아 시대의 시각에서 문제성 있는 도덕의식을 가졌다. 그는 자신의 앙증맞은 죄들을 공들여 감추는 위선자다. 뒤끝도 있어서, 과학 문제로 의견을 달리한 래니언 박사를 절대 용서하지 않는다. 그는 무모하다. 하이드는 그의 안에서 그와 혼합되어 있다. 지킬 박사 안에 뒤섞여 있는 선과 악 중에서 악은 순수악의 침전물인 하이드로 분리되는데, 이는 화학적 의미에서 침전이다. 왜냐하면 복합물인 지킬의 일부는 여전히 뒤에 남아 하이드의 행각에 경악하고 있기 때문이다.

　2. 지킬이 완전히 하이드로 변신하는 게 아니라, 그에게서 순수한 악의 농축물이 빠져나와 하이드가 되는 것이다. 하이드가 지킬보다 체구가 작은 것은 지킬이 가진 선의 양이 더 많다는 것을 보여주기 위해서이다.

　3. 사실은 세 개의 인격—지킬, 하이드, 그리고 하이드가 주도권을 가지는 동안 남아 있는 지킬의 잔재—이 존재한다.

---

*'hydatid(포충)'라는 단어가 하이드의 이름과 발음이 유사하다는 것으로 말장난을 하고 있다.

시각적으로 제시하면 상황은 다음과 같다.

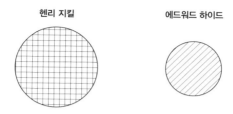

하지만 자세히 보면 이 커다랗고 빛나며 보기 좋은 트위드 지킬 안에는 여기저기 흩어진 악의 조짐들이 보인다.

마법의 약이 효력을 발휘하기 시작하면, 악의 어두운 농축물이 형성되기 시작하고,

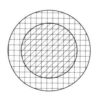

다음과 같이 빠져나오거나 분출된다.

　그럼에도 불구하고, 하이드를 자세히 살펴보면 그 위에 지
킬의 잔재가 담배연기 고리처럼 혹은 후광처럼, 경악하는 와
중에도 위압적으로 떠 있는 게 보일 것이다. 마치 이 검은 악의
농축물이 남아 있는 선의 고리에서 떨어져 나온 것처럼 말이
다. 하지만 이 선의 고리는 여전히 남아 있고, 하이드는 여전히
지킬로 돌아가고 싶어 한다. 이것이 중요한 점이다.

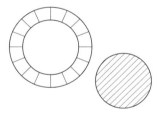

　따라서 지킬의 변화는 완전한 변신이라기보다 이미 그의 안
에 존재하던 악이 농축된다는 걸 암시한다. 지킬은 순수한 선
이 아니고, (지킬의 진술과는 반대로) 하이드도 순수한 악이
아니다. 용인될 수 없는 하이드가 용인되는 지킬 안에 살고 있
듯이, 하이드 위에는 자신의 열등한 반쪽의 사악함에 경악하는

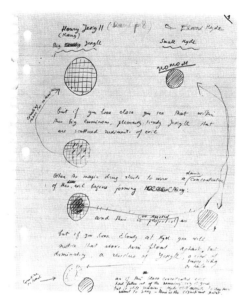

하이드로의 변신 과정

지킬의 후광이 떠서 맴돌고 있다.

둘의 관계는 지킬의 집이 잘 보여준다. 그 집은 반은 지킬, 반은 하이드이다. 어터슨과 친구 엔필드는 일요일 산책을 하다가 런던 번화가의 어느 뒷골목으로 들어갔다. 좁고 한갓지지만 주중에는 가게들로 북적대는 길이었다. 통행인들도 상대적으로 없다시피 하고 평상시의 화려한 매력을 감추어두는 일요일에조차 그 거리는 어둑어둑한 이웃과는 대조적으로 숲 속의 불처럼 빛나고 있었고, 새로 칠한 덧문, 반짝반짝 닦인 놋쇠패,

깔끔하고 경쾌한 분위기로 사람들의 마음과 눈길을 즉시 사로
잡았다.

　동쪽 방향으로 접어드는 왼쪽 길모퉁이 두 번째 집 앞에서
길은 안뜰로 들어가는 입구 때문에 끊겨 있었는데, 바로 그 지
점에 불길해 보이는 건물 하나가 박공지붕을 길 위로 불쑥 내
밀고 서 있었다. 그 이층집은 창문 하나 없이 아래층엔 문 하
나, 위층에는 색 바랜 벽만 있었고, 어느 모로 보나 오랜 세월
지저분하게 방치된 흔적이 역력했다. 초인종도 고리쇠도 없는
문은 칠이 벗어지고 얼룩덜룩했다. 부랑자들은 후미진 구석을
차지하고 판벽널에 성냥불을 그어댔고, 아이들은 계단 위에서
좌판을 벌였고, 학생들은 칼이 잘 드는지 테두리 장식에다 그
어보곤 했다. 하지만 한 세대가 다 가도록 누구도 이 뜨내기들
을 쫓아내거나 그 파괴의 흔적들을 고치려 하지 않았다.

　이것이 바로 엔필드가 지팡이를 들어 어터슨에게 가리킨 문
이다. 달려가던 어린 소녀를 일부러 짓밟았다가 엔필드에게 먹
살이 잡혀 아이의 부모에게 100파운드를 보상하기로 한 불쾌
한 악당이 사용했던 문이었다. 열쇠로 문을 연 그는 금화 10파
운드와 나머지 금액은 지킬 박사 이름으로 서명된 수표를 가지
고 나왔고, 그 수표는 유효한 수표였다. 엔필드는 협박이라고
생각한다. 그는 계속해서 어터슨에게 말한다. "사실 저 집은 집
처럼 보이지도 않죠. 문이라고는 저 문뿐이고, 아주 가끔 나타
나는 그 사건의 남자를 제외하면 그 문으로 드나드는 사람도

없습니다. 2층에는 안뜰 쪽으로 창문이 세 개 나 있지만, 아래 층에는 하나도 없고요. 창문은 항상 닫혀 있지만 상태는 깨끗해요. 굴뚝에서 보통 때 연기가 나는 걸 보니 누군가 살긴 하나 봅니다. 확신할 순 없지만요. 안뜰을 둘러싸고 건물들이 너무 다닥다닥 붙어 있어서 어느 집이 어느 집인지 딱히 구분도 안 가거든요."

그 뒷골목에서 모퉁이를 돌면 지금은 약간 영락해서 층별로, 방별로 세가 놓인 근사한 고택들이 즐비한 광장이 있다. 하지만 "모퉁이에서 두 번째 집만은 여전히 한 가구가 온전히 차지하고 있었다. 부유하고 안락한 분위기가 물씬 풍겨나는 그 집 출입문" 앞에서 어터슨은 노크를 하고 친구인 지킬 박사를 찾는다. 어터슨은 하이드 씨가 들어간 건물의 문이 지킬 박사가 사들이기 전 그 집을 소유하고 있던 외과의사의 해부실 문이며, 광장에 면하고 있는 그 우아한 집의 일부라는 것을 알고 있다. 지킬 박사는 그 해부실을 화학실험을 위해 개조했고, (우리는 훨씬 나중에 알게 되지만) 그가 하이드 씨로 변신하는 것도 바로 그곳에서였다. 그때마다 하이드 씨는 그 건물에서 산다.

지킬이 선과 악의 혼합체이듯, 지킬의 집도 혼합물이자 깔끔한 상징, 지킬과 하이드의 관계를 매우 깔끔하게 보여주는 장치다. 그림을 보면 지킬 저택의 당당한 정문은 멀리 동쪽 광장 쪽으로 나 있다. 하지만 수수께끼의 인물 하이드의 옆문은 여러 건물들과 안뜰이 밀집해 있어서 지형이 이상하게 뒤틀리

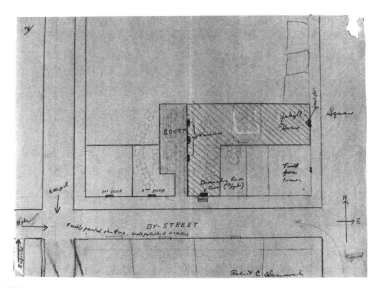

나보코프가 그린 지킬 저택

고 숨겨진, 같은 구획의 이면에 해당되는 뒷골목에 있다. 그래서 온화하고 기품 있는 정면 홀을 가진 이 복합체 지킬 저택 안에는 하이드에게로 가는, 즉 지금은 지킬의 실험실이 된 옛 해부실로 이어지는 복도가 있고, 거기서 박사는 해부뿐만 아니라 화학실험을 행하고 있었던 것이다. 스티븐슨은 가능한 온갖 장치들, 이미지들, 어조, 단어 패턴과 가짜 향기를 총동원하여 하나의 세계, 지킬이 묘사할 기이한 변화가 독자들에게 그럴듯하면서도 예술적인 현실성을 줄 수 있는 세계를 서서히 만들어 나간다—혹은 그런 변화가 가능한지 아닌지 질문하지 않을 그런 마음 상태로 이끌어간다. 그 비슷한 일을 디킨스는 《황폐한 집》에서 한 바 있다. 즉, 놀랄 만한 미묘한 접근과 다채로운 산문을 통해 그는 술에 전 늙은이의 몸이 문자 그대로 발화하여 홀라당 타버리는 사건을 현실적이고도 만족스럽게 그려내는 것이다.

스티븐슨의 예술적 목적은 디킨스의 독자들이라면 익숙할 분위기, 즉 런던의 황량한 안개, 오래 묵은 와인을 마시는 엄숙한 노신사, 꼴사나운 모습의 집들, 가족 변호사와 충실한 집사, 지킬이 사는 엄숙한 광장 너머 어딘가에서 활개 치는 익명의 악, 쌀쌀한 아침 공기와 이륜승합마차 등을 배경으로 분별 있는 "보통 사람의 눈앞에서 펼쳐지는 기이한 드라마"를 만드는 것이었다. 지킬의 변호사 어터슨 씨는 "점잖고 과묵하고 호감가고 믿음직하고 용감하며 무뚝뚝한 신사로, 그런 사람들이 '진짜'라고 받아들일 만한 이야기는 독자들 또한 '진짜'로 받아들이게 되어 있다." 어터슨의 친구 엔필드는 "감정에 휘둘리지 않는" 착실한 젊은 실업가로, 분명 둔감한 부류에 속하는 사람이다(사실 이 착실한 둔감함이야말로 그와 어터슨을 함께 묶어준 자질이다). 스티븐슨은 상상력도 거의 없고 관찰력도 뛰어나지 않은 이 둔감한 인물 엔필드를 선택하여 이야기의 문을 연다. 엔필드는 하이드가 지킬이 서명한 수표를 가지고 오기 위해 사용한 뒷골목의 문이 지킬의 집에 있는 실험실 문이라는

나보코프의 〈지킬박사와 하이드 씨의 기이한 사례〉 자필 원고

것을 모른다. 하지만 어터슨은 그 연관성을 즉시 깨닫고, 거기에서 이야기는 시작된다.

어터슨에게 괴상함이란 점잖지 못한 것이지만, 엔필드의 이야기를 듣고 집에 돌아온 그는 금고에서 지킬의 자필유서를 꺼내어 그 조항들을 다시 읽어본다. (어터슨은 그 유서 작성에 조금의 도움도 주지 않았기 때문이다.) 유서에 따르면, "의학박사이자 법학박사, 왕립학회회원인 헨리 지킬이 사망할 경우 그의 전 재산이 '친구이자 은인인 에드워드 하이드'에게 상속될 뿐만 아니라, 지킬 박사가 '3개월 이상 실종되거나 알 수 없는 이유로 부재할 경우' 전술한 에드워드 하이드가 박사의 식솔들에게 약간의 돈을 지불하는 것 이상의 어떤 부담이나 의무도 없이 즉각 헨리 지킬의 자리를 대신하도록 규정하고 있었다." 어터슨은 오랫동안 이 유서를 몹시 싫어했고, 그의 분노는 하이드 씨를 모르기 때문에 더 커졌다. 그런데 "이제 갑작스런 상황 변화로 〔엔필드가 들려준 그 키 작은 악한과 아이의 이야기를 통해〕 그가 어떤 사람인지 알게 되었기 때문에 화가 났다. 이름 이외에는 아무것도 몰랐을 때도 충분히 불쾌했는데, 설상가상으로 이제는 그 위에 역겨운 특성들까지 더해졌다. 오랫동안 그의 눈을 어지럽혀온 아른아른하고 실체 없는 안개 속에서 그야말로 명실상부한 악마가 갑자기 뛰쳐나온 것이다.

'미친 짓이라 생각했는데,' 그는 기분 나쁜 서류를 금고 안에 다시 넣으며 말했다. '이제는 치욕스런 일이 될까 두렵군.'"

엔필드가 들려준 사건 이야기는 잠자리에 드는 어터슨의 마음속에서 자꾸만 커져간다. 엔필드는 말했다. "어디 굉장히 먼 곳에서 이쪽 길로 집에 오고 있을 때였습니다. 칠흑 같은 겨울 새벽 3시쯤이었죠. 시내를 가로질러 가는데 정말이지 가로등 외에는 아무것도 없더라고요. 이 거리 저 거리 사람들은 다 잠들었고, 가도 가도 사열이라도 하듯이 가로등만 켜져 있고 사방은 교회처럼 텅 비어 있었죠……" (엔필드는 둔감하고 실제적인 젊은이였지만, 예술가 스티븐슨은 이 인물에게 가로등이 주르륵 켜져 있고, 사람들은 잠들었고, 사방이 교회처럼 텅 비어 있는 거리에 대한 묘사를 주지 않고는 못 배겼던 모양이다.)
이 문구가 잠자리에 누운 어터슨의 머릿속에서 점점 커지고 반향하고 반사되고 다시 반사된다. "밤의 도시에 줄지어 선 가로등이, 빠른 걸음으로 걷고 있는 한 남자가, 그리고 병원에 갔다가 집으로 달려가는 아이가 머릿속에 떠오른다. 그리고 두 사람이 마주쳤고, 인간 크리슈나는 아이를 짓밟고는 비명 따윈 안중에도 없이 가버린다. 한편 고급 저택의 방도 하나 보이는데, 거기엔 그의 친구가 잠든 채 누워 꿈속에서 미소를 짓고 있다. 그때 방문이 열리더니 침대 휘장이 휙 젖혀지고 친구가 깨어난다. 보라! 그의 옆에는 모든 권한을 부여받은 자가 서 있다. 심지어 그 고요한 한밤중에도 그는 자리에서 일어나 그자의 명령에 복종해야 한다. 이 두 장면 속의 인물은 밤새 변호사를 괴롭혔다. 한순간 깜빡 졸기라도 하면, 꿈에 그자가 나타나 고요히 잠든 집들 사이를 은밀하게 스쳐 지나갔다. 가로등 켜진 도시의 미로 같은 대로들은 현기증이 날 정도로 빨리, 더 빨리 누비고 다녔고, 온 거리의 모퉁이에서 아이를 짓밟고는 비명 따위 무시하고 가버렸다. 그자의 얼굴은 여전히 알아볼 수도 없었다. 심지어 꿈속에서도 얼굴이 없었다."

어터슨은 그를 찾겠다고 결심한다. 그는 짬이 날 때마다 그 문 옆에 서서 기다리다 마침내 하이드 씨를 만난다. 그는 "매우 평범한 차림새에 키가 작은 사내였지만, 아직 저 멀리 있는데도 불구하고 어딘지 모르게 강한 반감이 드는 외모였다."(엔필드는 "하지만 이상한 일이 하나 있었습니다. 전 첫눈에 그 남자가 혐오스러웠어요" 하고 말했다.) 어터슨은 하이드에게 다가가 말을 걸고 약간의 구실을 대며 얼굴을 보기를 청하지만, 스티븐슨은 교묘하게 이를 묘사하지 않는다. 대신 어터슨은 독자들에게 다른 것들을 들려준다. "하이드 씨는 창백하고 왜소했고, 기형이라는 인상은 주지만 딱히 어디가 불구라고 짚을 수도 없었다. 미소는 불쾌했고, 변호사를 대하는 자세에는 소심함과 대담함이 흉악하게 뒤섞여 있었으며, 목소리는 거칠고 속삭이는 듯이 작은 데다 약간 갈라져 있었다. 이 모든 게 다 마음에 들지 않았지만, 이걸 다 합친다 해도 어터슨 씨가 그에게 느꼈던 알 수 없는 혐오와 반감, 두려움을 설명할 수는 없었다. 〔……〕 오, 불쌍한 헨리 지킬, 사람의 얼굴에 사탄의 표시라는 게 있다면, 그게 바로 자네 새 친구 얼굴에 있네."

어터슨이 광장 쪽으로 돌아가 벨을 누르고 집사 풀에게 지킬 박사가 집에 있는지 묻자, 풀은 외출 중이라고 대답한다. 박사가 없는 동안 하이드가 옛 해부실문으로 들어와도 되냐고 어터슨이 묻자, 집사는 하이드가 박사의 허락으로 열쇠를 가지고 있으며 하인들도 모두 그의 말을 따르라는 명을 받았다고 안심시킨다. "'난 하이드 씨를 만난 적이 없는 것 같은데?' 어터슨 씨가 물었다.

'아, 그럼요. 그분은 절대 여기서 식사를 하지 않으시거든요.' 집사가 대답했다. '사실 저희도 이쪽에서 그분을 보는 일은 거의 없습니다. 대개 실험실로 드나드시니까요.'"

어터슨은 협박을 의심하고 허락만 받는다면 지킬을 도와주겠노라고 결심한다. 곧 기회가 오지만 지킬은 도움을 거부한다. "'자넨 내 입장을 이해 못 해.' 박사는 약간 일관성 없는 태도로 대답했다. '지금 난 극히 곤란한 처지에 있네, 어터슨. 몹시 이상한, 굉장히 이상한 상황이야. 이야기한다고 해결될 수 있는 그런 일이 아니야.'" 하지만 그는 곧 이렇게 덧붙인다. "마음 편히 가지게. 한 가지는 말해주지. 원하면 난 언제든 하이드 씨에게서 벗어날 수 있어." 그리고 "내가 없어지면" 하이드가 자신의 권리를 갖도록 돌봐달라는 지킬의 애원에 어터슨이 마지못해 동의하며 이 대화는 끝난다.

커루 살인 사건은 이야기가 본격화되는 사건이다. 낭만적 기질의 하녀가 달빛을 받으며 생각에 잠겨 있다가 온화하고 잘생긴 노신사가 행인에게 길을 묻는 광경을 보게 된다. 그 행인은 하이드 씨라는 사람으로 주인댁에 찾아온 적 있지만 마음에 들지 않았던 신사였다. "그는 손에 든 묵직한 지팡이를 만지작거리기만 할 뿐 한 마디도 대답을 하지 않았고, 이야기를 듣는 게 짜증이 나서 안절부절못하는 것 같았다. 그러다 갑자기 화를 버럭 내더니 발을 구르며 (하녀의 묘사에 따르면) 미친놈처럼 지팡이를 휘두르기 시작했다. 노신사는 아연실색해서 약간 기분 상한 표정을 지으며 한 걸음 뒤로 물러났다. 그러자 하이드 씨는 완전히 이성을 잃고 그를 때려 땅에 쓰러뜨렸다. 그러고는 원숭이처럼 광분해서 피해자를 짓밟아대며 미친 듯이 두드려 패, 급기야는 뼈 부러지는 소리가 들리더니 길바닥에 쓰러진 몸에서 경련이 일어났다. 그 끔찍한 광경과 소리에 하녀는 정신을 잃고 말았다."

노인이 어터슨의 주소가 적힌 편지를 소지하고 있어서, 어터슨은 경감의 요청을 받고 시신이 댄버스 커루 경임을 확인하게 된다. 그는 또한 남아 있는 지팡이 조각이 자신이 몇 년 전 지킬 박사에게 선물한 것임을 알아보고, 경감을 런던 최악의 구역인 소호에 있는 하이드 씨 집으로 안내한다. 이 문단에는 몇몇 근사한 언어 효과, 특히 두운이 들어 있다. "그때가 아침 9시경으로, 사방에는 그 계절 들어 내린 첫 안개가 자욱하게 깔려 있었다. 하늘에 초콜릿색 장막이 나지막이 드리워져 있었지만, 바람이 포진한 안개를 끊임없이 몰아대고 있었다. 그래서 마차가 이 거리 저 거리를 구물구물 달리는 동안 어터슨 씨는 경탄스러울 정도로 형형색색 미묘하게 변해가는 박명을 지켜봤다. 이쪽에서는 한밤중처럼 어두컴컴했다가, 저쪽에서는 불이라도 난 듯이 번쩍거리는 짙은 갈색으로 빛났고, 또 한순간은 안개가 좍 갈라지면서 소용돌이치는 안개 사이로 수척한 햇살이 창처럼 내리꽂혔다. 이렇게 시시각각 변하는 광경 속에서 바라본 소호의 황량한 구역은 진창길과 너저분한 행인들, 한 번도 꺼진 적이 없거나 혹은 다시 침범해 온 이 음울한 어둠에 맞서 다시 불을 밝힌 가로등들까지 더해져 변호사의 눈에 마치 악몽

속 어느 도시의 모습처럼 보였다."

하이드는 집에 없고, 집은 뒤진 흔적으로 엉망진창이다. 살인자는 도망친 게 분명하다. 그날 오후 어터슨은 지킬을 방문해 실험실로 들어간다. "벽난로에는 난롯불이 타고 있었고, 굴뚝 선반엔 등이 하나 켜져 있었다. 집 안에마저 안개가 자욱하게 들어오기 시작했기 때문이었다. 지킬 박사는 따뜻한 난로 옆에 바싹 붙어 앉아 있었는데, 안색이 지독하게 창백했다. 그는 일어나서 손님을 맞이하지도 못하고 그저 차가운 손을 내밀며 쉰 목소리로 인사만 했다." 하이드가 거기 숨어 있냐는 어터슨의 질문에 "'어터슨, 신께 맹세컨대,' 박사가 외쳤다. '맹세컨대 다시는 그자를 보지 않겠네. 내 명예를 걸고 말하는데, 그자와는 완전히 손을 끊었네. 다 끝났어. 사실 그자도 내 도움을 원치 않아. 그자는 내가 더 잘 알잖나. 그자는 이젠 안전해, 완전히. 장담하네만, 이제 더 이상 그자 소식을 들을 일은 없을걸세.'" 그는 어터슨에게 에드워드 하이드라고 서명된 편지를 보여준다. 하이드에게는 확실한 탈출 방법이 있으니 은인은 염려할 필요 없다는 내용이다. 어터슨의 질문에 지킬은 유언장의 조항들이 하이드의 지시였음을 인정하고, 어터슨은 살해될 뻔한 위험에서 도망친 것을 축하한다. "'난 훨씬 더 중요한 걸 얻었네.' 박사는 엄숙하게 대답했다. '바로 교훈이지. 오, 맙소사, 어터슨. 난 정말 뼈저린 교훈을 얻었다네!' 그리고 그는 잠시 두 손으로 얼굴을 가렸다." 어터슨은 사무장으로부터 하이드의 편지의 필체가 반대쪽으로 기울어져 있기는 하지만 지킬의 필체와 매우 흡사하다는 것을 알게 된다. "'맙소사!' 그는 생각했다. '헨리 지킬이 살인자를 위해 위조까지 하다니!' 혈관의 피가 얼어붙는 것만 같았다."

스티븐슨은 스스로에게 어려운 예술적 문제를 부과했다. 과연 그는 그 문제를 해결할 수 있을 정도로 강할까? 이 문제를 다음과 같이 몇 가지로 정리해보자.

1. 그럴듯한 판타지를 만들기 위해 그는 어터슨과 엔필드처럼 무미건조한 사람들을 이야기의 관찰자로 사용하고자 하는데, 이들은 심지어 그 평범한 사고방식에도 불구하고 하이드에게서 풍겨 나오는 기괴하고 악몽 같은 분위기를 감지해야만 한다.

2. 이 두 둔감한 영혼은 독자들에게 하이드의 공포를 전달하지만, 동시에 이들은 예술가도 래니언 박사 같은 과학자도 아니기 때문에 세부 사항은 절대 눈치채지 못한다.

3. 스티븐슨이 엔필드와 어터슨을 지나치게 평범한 보통 사람으로 설정한다면, 그들은 하이드가 유발하는 그 막연한 불편한 느낌마저 표현하지 못할 것이다. 반면, 독자들은 그들의 반응을 궁금해할 뿐만 아니라 하이드의 얼굴을 직접 보고 싶어할 것이다.

4. 하지만 작가 자신도 하이드의 얼굴을 똑똑히 보지 않고 오로지 엔필드나 어터슨을 통해서 간접적이고 상상적이며 암시

적인 방식으로만 묘사하는데, 이는 하지만 그 둔감한 영혼들의 입장에서 나옴직한 표현으로는 보이지 않을 것이다.

이 상황과 인물들을 볼 때, 이 문제를 풀 수 있는 유일한 해결책은 하이드의 면모가 엔필드와 어터슨에게 치 떨리는 혐오감뿐만 아니라 다른 뭔가를 유발하게 만드는 것이라고 생각한다. 나는 하이드라는 존재가 주는 충격이 엔필드와 어터슨 속에 숨어 있던 예술가적 면모를 발현하게 한다고 생각한다. 그렇지 않다면, 가로등이 켜진 텅 빈 거리를 지나오다 하이드 씨가 아이를 공격하는 광경을 보게 된 엔필드의 이야기 속에서 빛나는 그 근사한 지각력이나 그 이야기를 들은 어터슨의 꿈속에 등장하는 다채로운 상상들은 작가가 자신의 예술적 가치와 언어, 어조를 가지고 이야기에 돌연 개입했다고밖에 볼 수 없다. 정말 이상한 문제인 것이다.

문제는 더 있다. 스티븐슨은 평범하고 지루한 런던 신사들을 통해 사건을 구체적이고도 생생하게 묘사하지만, 그 장면들 뒤 어딘가에 존재하는 쾌락과 무시무시한 악은 이와 대조적으로 두루뭉술하고 어렴풋하면서도 불길하게 암시만 될 뿐이다. 한쪽에는 '현실'이, 반대편에는 '악몽의 세계'가 놓여 있다. 작가의 의도가 정말로 둘 사이의 선명한 대조라면, 이 이야기는 다소 실망스러울 것 같다. 우리가 여기서 정말로 "악이 무엇인지는 상관하지 마라—그냥 굉장히 나쁜 거라고만 믿어라"라는 소리를 듣고 있다면, 사기당하고 협박당한 기분이 들 것이다.

이야기의 배경이 너무나 실제적이고 진짜 같기 때문에, 거기서 가장 흥미진진한 부분이 애매모호하다면 속은 기분이 들 수밖에 없다. 결국 어터슨과 안개와 승합마차와 창백한 집사가 지킬과 하이드의 기괴한 실험과 말할 수 없는 모험보다 더 '진짜'인지를 작품에 질문하지 않을 수 없게 되는 것이다.

스티븐 귄 같은 비평가들은 소위 익숙하고 평범한 이 이야기의 배경에서 이상한 결함을 발견했다. "이 이야기에서는 특유의 회피가 발견된다. 진행되어갈수록 이 이야기는 거의 무슨 수도승 집단의 이야기 같다. 어터슨 씨는 독신이고, 지킬도 그러하다. 모든 암시들을 고려할 때, 처음 어터슨에게 하이드의 야만성에 대한 이야기를 들려준 젊은 신사 엔필드도 그렇다. 그 점에 있어서는, 이 이야기 속에서 그 역할을 무시할 수 없는 지킬의 집사 풀도 마찬가지다. 두세 명의 비중 없는 하녀들과 상투적인 노파, 의사를 부르러 달려간 얼굴 없는 어린 소녀를 제외하면, 여성은 이야기 전개에서 어떤 역할도 하지 않는다. '빅토리아 시대의 제약 하에서 작업'하면서 수도승 같은 패턴에 어울리지 않는 색채를 이야기에 들여오고 싶지 않았던 스티븐슨은 지킬이 탐닉했던 은밀한 쾌락에 화장한 여성을 들이기를 의식적으로 피했다."

예를 들어, 스티븐슨이 톨스토이 정도까지 갔다고 가정해보자. 톨스토이 역시 빅토리아 시대 사람이었고 따라서 멀리까지

가지는 않았지만, 스티븐슨이 오블론스키의 가벼운 연애 대상들인 프랑스 소녀, 가수, 어린 발레리나들 등을 그렸던 톨스토이 정도만 갔어도, 지킬-오블론스키에게서 하이드 같은 분위기를 내기란 예술적으로 아주 힘들었을 것이다. 방탕한 젊은이의 쾌락에 흐르는 상냥하고 유쾌하고 명랑한 분위기와 납빛 하늘을 배경으로 검은 까마귀처럼 솟아오르는 하이드의 중세적 느낌은 조화시키기 힘들었을 것이다. 지킬의 쾌락을 구체적으로 묘사하지 않고 내버려두는 게 작가로서는 더 안전했다. 하지만 이렇게 손쉬운 안전함, 이건 예술가로서는 어떤 약점을 의미하는 게 아닌가? 난 그렇다고 생각한다.

우선 이 빅토리아적 과묵함은 현대 독자들로 하여금 스티븐슨이 결코 의도하지 않았을 것 같은 결론을 모색하게 만든다. 예를 들어, 하이드는 지킬의 피보호자이자 그의 은인이라고 불리지만, 하이드에게 붙은 또 다른 별명의 함의는 조금 당혹스러울 수도 있다. 그는 헨리 지킬이 가장 좋아하는 사람이라고 불리는데, 이건 거의 '총아'처럼 들린다. 조금만 달리 생각해보면, 권이 언급한 남성 일변도의 패턴은 지킬의 은밀한 모험이 빅토리아 시대의 베일 뒤 런던에서 흔하디흔했던 동성애였다는 것을 암시할 수도 있다. 어터슨의 첫 번째 추측은 하이드가 선량한 박사를 협박한다는 것이지만, 독신남이 도덕적으로 가벼운 여자들이랑 어울린다는 데 뭐 그리 특별히 협박할 거리가 있을지 상상하기 힘들다. 아니면 어터슨과 엔필드는 하이드가 지킬의 사생아라고 의심하는 걸까? "젊은 시절 저지른 장난에 대가를 치르고" 있다는 게 엔필드의 추측이다. 하지만 외모상의 차이에서 암시된 나이차를 볼 때, 하이드가 지킬의 아들이라고 간주할 충분한 근거를 찾기는 힘들다. 게다가 지킬은 유서에서 하이드를 그의 "친구이자 은인"이라고 부른다. 가차 없는 아이러니를 담은 묘한 단어 선택일 수는 있지만, 아들을 의미한다고는 보기 어렵다.

어쨌든 독자는 지킬의 모험을 감싸고 있는 안개가 불만스럽다. 이것이 특히 짜증나는 이유는 똑같이 베일에 가려진 하이드의 모험이 지킬의 종잡을 수 없는 변덕이 극악무도하게 과장된 버전이기 때문이다. 이제 하이드의 쾌락에 대해 유일하게 추측할 수 있는 건 그게 가학적인 즐거움이라는 것이다. 그는 고통을 주는 걸 즐긴다. "스티븐슨이 하이드를 통해 전달하고 싶었던 것은 선과 완전히 절연한 악의 존재이다. 스티븐슨이 세상에서 가장 증오한 악은 잔인함이었다. 그가 상상한 비인간적인 야수는 그의 짐승 같은 육욕—그게 무엇이든지 간에—이 아니라 자신이 해치고 죽인 사람들에 대한 야만적 무관심 속에서 드러난다."

스티븐슨은 자신의 에세이 〈로맨스에 대한 한담(A Gossip on Romance)〉에서 이야기 구조에 대해 이렇게 말한다. "딱 맞는 일이 딱 맞는 지점에서 일어나야 한다. 딱 맞는 일이 이어져야 하고 〔……〕 이야기의 상황 안에서 모든 것들이 음악의 음표처럼 서로 조응해야 한다. 이야기의 실마리들은 때로 한데 모여서 하나의 그림을 만든다. 인물들은 때로 서로에 대한, 혹은 자연에 대한 태도를 보여주고, 이는 삽화처럼 이야기에 강한 인상을 남긴다. 발자국을 보고 뒷걸음질하는 크루소〔무지갯빛 양산 아래서 미소 짓는 엠마, 간판들을 읽으며 걸어가다 죽음을 맞는 안나〕. 이 장면들은 전설적 작품들 속의 절정의 순간들이며, 마음의 눈 속에 영원히 새겨진다. 다른 것들은 잊어버릴 수도 있다. 〔……〕 작가의 논평은 아무리 독창적이고 진정성 있어도 잊어버릴 수도 있다. 하지만 이야기에 〔예술적〕 진실의 마지막 표시를 새기고 우리의 예술적 쾌감을 한방에 만족시키는 이 획기적인 장면들은 우리 가슴속 너무나 깊은 곳에 자리 잡아 아무리 세월이 흘러도 그 인상이 지워지거나 희미해지지 않는다. 인물과 생각, 감정을 마음의 눈에 깊이 아로새겨질 행동이나 태도 속에 구현하는 것, 이것이야말로 문학에서 〔가장 고매하고〕 가장 유연한 부분이다."

　"지킬 박사와 하이드 씨"라는 문구는 절대로 지워지지 않을 인상을 남긴 획기적인 장면으로 인해 언어 속으로 들어왔다. 물론 그 장면은 지킬이 하이드 씨로 변화하는 이야기로, 특이하게도 시간 순서에 따른 이야기가 종결된 다음 두 통의 편지를 통해 설명됨으로써 더 강한 충격을 준다. 시간상으로 이야기가 끝나는 시점에 어터슨은—실험실에 며칠씩 틀어박혀 있는 사람이 박사가 아니라는 풀의 제보를 받고—문을 부수고 들어가 덩치에 안 맞는 지킬의 커다란 옷을 입은 하이드가 방금 삼킨 청산가리 캡슐 냄새를 풍기며 쓰러져 죽어 있는 것을 발견한다. 하이드의 댄버스 경 살인과 이 발견 사이의 짧은 이야기는 그저 이 설명의 예비 단계일 뿐이다. 시간은 흐르지만 하이드는 사라졌다. 지킬은 예전 모습으로 돌아간 듯했고, 1월 8일에는 어터슨과 이제는 화해한 친구 래니언 박사를 초대해 조그만 저녁 만찬 모임도 했다. 하지만 나흘 뒤 지킬은 두 달이 넘도록 매일 만난 친구 어터슨의 방문을 거절했다. 6일째 문전박대를 당하자 그는 조언을 얻으러 래니언 박사를 찾아가지만, 래니언의 얼굴엔 이미 죽음의 기색이 완연하고 지킬의 이름조차 들으려 하지 않는다. 래니언 박사는 자리에 누운 지 일주일 만에 사망하고 어터슨은 박사의 필체로 쓰인 편지를 하나 받게 되는데, 거기에는 헨리 지킬이 사망하거나 실종되기 전에는 열지 말라는 말이 적혀 있다. 하루이틀 뒤, 어터슨은 다시 이야기에 등장한 엔필드와 산책을 하던 중 뒷골목 안뜰 앞을 지나려다 안으로 들어가 실험실 창가에 앉아 있는 수척한 얼굴의 지킬과 잠깐 이야기를 나눈다. 대화가 끝나갈 무렵 지킬의 "얼굴에서 미소가 싹 사라지더니 끔찍한 공포와 절망의 표정이 그 자리를 대신했고, 그와 동시에 아래에 있던 두 신사의 피도 얼어붙었다. 창문이 순식간에 닫히는 바람에 흘끗 봤을 뿐이지만, 그것만으로도 충분했다. 두 사람은 한 마디 말도 없이 돌아서서 안뜰을 빠져나왔다."

그런 일이 있고 얼마 지나지 않아 풀이 어터슨 씨를 찾아오고, 이야기는 강제 진입으로 이어진다. "'어터슨, 제발 자비를 베풀어주게!' 목소리가 들려왔다.

'아, 저건 지킬의 목소리가 아니야! 하이드야!' 어터슨이 외쳤다. '풀, 당장 문을 부수게!'

풀이 어깨 위로 도끼를 휘두르자, 그 충격에 건물이 흔들렸다. 자물쇠와 경첩에 매인 붉은 모직 문이 덜컹대며 들썩였다. 서재 안에서 흡사 겁에 질린 동물 울음소리 같은 음울한 비명 소리가 흘러나왔다. 도끼가 다시 올라가더니, 다시 문의 판벽 널이 부서지고 문틀이 덜컹댔다. 도끼를 네 번이나 내리쳤지만 나무가 단단한 데다 짜 맞춘 솜씨가 워낙 좋아서, 다섯 번째에 가서야 자물쇠가 뜯겨 나가면서 부서진 문이 서재 안 카펫 안으로 넘어졌다."

처음에 어터슨은 하이드가 지킬을 죽이고 시신을 감췄다고 생각하지만, 수색을 해봐도 아무 소용이 없다. 하지만 그는 책상 위에 놓인 지킬의 편지를 발견한다. 래니언 박사의 편지를 먼저 읽고, 그러고도 궁금증이 남으면 두툼한 봉투 안에 동봉된 고백 글을 읽어달라는 내용의 편지였다. 이야기 자체는 어터슨이 자기 사무실로 다시 돌아와 봉인을 뜯고 편지를 읽기 시작하며 끝나고, 두 통의 편지라는 이야기 속 이야기에 담긴 서로 연결된 설명이 이야기를 종결짓는다.

래니언 박사의 편지는 그가 실험실에 가서 여러 약품이 들어 있는 서랍 하나를 빼서 자정에 도착할 심부름꾼에게 주라는 지킬의 부탁이 담긴 속달 등기를 받은 상황을 간략하게 설명한다. 그는 서랍을 챙겨서 (풀 또한 등기우편을 받았다) 집으로 돌아와 내용물을 살핀다. "포장지를 하나 벗겨 보니 그냥 흰색 정제 소금 같은 게 들어 있었어. 다음으로 살펴본 작은 약병에는 피처럼 붉은 용액이 반 정도 담겨 있었는데, 냄새가 매우 자극적인 걸로 보아 인 성분과 휘발성 에테르 성분이 든 것 같았네. 그 외의 성분은 짐작이 안 되더라고." 심부름꾼은 12시에 왔다. "앞서 말했듯이, 덩치는 작았네. 하지만 내가 충격 받은 것은 그자의 소름 끼치는 표정, 엄청난 근육과 누가 봐도 약해 보이는 체격의 놀라운 결합, 그리고—무엇보다도—그의 옆에 있는 것만으로도 밀려오는 기이한 불안감이었네. 그건 초기 오한 증상과 비슷했고, 맥박까지 현저하게 떨어졌어." 그 사람은 자기한테 너무 커다란 옷을 입고 있었다. 래니언 박사가 그에게 서랍을 보여주자, "그는 용수철처럼 상자에 달려들었다가 갑자기 멈추더니 가슴에 손을 갖다 댔어. 턱이 경련하듯 떨리면서 이를 가는데, 그 소리가 내 귀에까지 들리더군. 그 안색이 어찌나 창백하던지 그의 목숨뿐 아니라 정신 상태까지 걱정되기 시작했네.

'좀 진정하십시오.' 내가 말했네.

그는 섬뜩한 미소를 지어 보이더니, 마치 자포자기라도 한 듯이 천을 휙 걷어냈네. 그리고 내용물을 보더니 어마어마한 안도감에 목이 메어 커다랗게 한숨을 내뱉더군. 난 못 박힌 듯이 앉아 있었네. 하지만 다음 순간 그자는 이미 꽤 침착해진 목소리로 물었어. '계량컵 있습니까?'

나는 겨우 몸을 일으켜 필요한 물건을 가져다주었네.

그는 미소 지으며 고개를 까닥하고 감사 표시를 하더니, 미량의 붉은 팅크제를 재서 약간의 분말과 섞더군. 처음에는 불그스름하던 혼합물은 결정이 녹을수록 밝아지더니 급기야 부글부글 끓어오르면서 약간의 증기를 내뿜기 시작했네. 갑자기, 그와 동시에 거품이 가라앉더니 용액은 진보라로 변했다가 매우 서서히 연녹색으로 엷어지더군. 이 변화 과정을 예리한 표정으로 지켜보던 방문객은 미소를 지으며 컵을 탁자 위에 내려놓고 돌아서서 나를 유심히 쳐다봤네."

래니언은 방에서 나가거나, 궁금하다면 앞으로 일어날 일에 대해 "직업상 비밀엄수 약속을" 지킨다는 조건으로 남아 있어도 좋다는 말을 듣는다. 래니언은 남는다. "좋습니다. 래니언, 그 맹세를 명심하세요. 〔……〕 자, 박사님은 이제껏 가장 편협하고 유물론적인 시각에서 벗어나지 못하고 초월적 약품의 가치를 부정해왔죠? 자신보다 뛰어난 사람들을 조롱하면서요. 똑똑히 보시죠!"

"그는 컵을 입에 대더니 한입에 꿀꺽 삼켰네. 그리고 비명소리가 이어졌지. 그는 휘청거리고 비틀대다 탁자를 붙들고 늘어졌어. 충혈된 눈을 부릅뜨고, 입을 크게 벌린 채 숨을 헐떡거렸지. 그리고 바로 내 눈앞에서 뭔가 변하기 시작했네. 몸이 팽창하는 것 같았어. 그러더니 얼굴이 갑자기 시커멓게 되면서 이목구비도 마구 일그러지며 변하는 게 아닌가! 다음 순간 나는 벌떡 일어나 벽까지 뒷걸음질 치지 않을 수 없었네. 그 놀라운 광경에서 나를 보호하기 위해 팔을 들어 올린 채, 공포로 정신이 아득해지더군.

'오, 맙소사! 맙소사!' 나는 비명을 지르고 또 질렀네. 왜냐하면 내 눈앞에 선 창백한 남자, 마치 죽음에서 깨어난 사람처럼 혼미한 정신으로 덜덜 떨면서 두 손으로 앞을 더듬거리고 있는 그 남자…… 그 사람이 헨리 지킬이었기 때문일세!

그후 한 시간 동안 그가 들려준 이야기는 도저히 못 적겠네. 난 그 광경을 봤고, 그 소리를 들었네. 내 영혼은 병들었어. 하지만 그 광경이 내 눈 앞에서 사라진 지금, 그걸 믿을 수 있는지 자문해본다네. 모르겠어. 〔……〕 그자가 참회의 눈물을 흘리며 들려준 윤리적 악행들은 생각만 해도 소스라치게 두렵네. 한 가지만 말하겠네, 어터슨. (내 이야기를 믿고자 한다면) 이거면 충분할 걸세. 지킬의 고백에 의하면, 그날 밤 내 집에 기어들어 온 놈은 하이드라는 이름으로 알려져 있으며 커루의 살인자로 이 나라 전역에 수배된 바로 그자라네."

래니언 박사의 편지가 남겨 놓은 수많은 수수께끼들은 어터슨이 다음으로 읽은 〈헨리 지킬의 진술서〉에서 밝혀지고, 이야기는 끝이 난다. 지킬은 그가 숨겼던 젊은 시절 쾌락들이 어떻게 심각한 이중생활로 굳어졌는지 설명한다. "지금의 나를 만든 것은 특정한 비도덕적 과실이라기보다는 내가 품은 야심의 엄정함이었어. 인간의 두 가지 본성을 구분하고 합하는 선과 악의 영역 사이에 놓인 그 골이 내 마음속에 대다수 사람들과는 비교도 안 되게 깊이 패여 있었네." 그의 과학 연구는 전적으로 신비하고 초월적인 방향으로 향했고, 그래서 그는 "인간은 진실로 하나가 아니라 진실로 둘"이라는 진실을 향해 서서히 다가간다. 그리고 심지어 과학실험이 "그러한 실낱같은 기적의 가능성을 어렴풋이 발견하기도 전인 아주 오래전부터, 나는 그런 인자들을 분리하는 생각을 백일몽처럼 즐겼네. 각각의 인자가 별개의 인격에 분리되어 담길 수 있다면, 쓰라린 인생의 고통은 모두 사라질 거라고. 부정한 인자는 보다 강직한 쌍둥이의 야망과 자책에서 해방되어 제 갈 길을 갈 수 있을 거라고. 올바른 인자 또한 자기가 좋아하는 선행을 행하며, 또 더 이상 이 무관한 악의 손 때문에 굴욕을 견디고 참회할 일도 없이 굳건하고 안전하게 똑바른 길을 갈 수 있을 것 같았지. 조화될 수 없는 이 인자들이 한 덩어리로 묶여 있는 게, 고통스런 의식의 자궁 속에서 이 양극의 쌍둥이가 끊임없이 싸워야 하는 게 인류의 비극인 거야. 그렇다면, 이것들이 어떻게 분리되었느냐고?"

다음으로 우리는 약물 발견 과정에 대한 생생한 묘사와 그

시험 과정에서 "전 인류 중 유일하게 순수하게 악한 존재"인 하이드 씨가 탄생하는 모습을 보게 된다. "거울 앞에서 꾸물거리고 있을 수는 없었네. 아직 두 번째 결정적인 실험이 남아 있었거든. 내 정체성이 회복할 수 없을 정도로 사라져버렸는지, 그래서 이제 더 이상 내 집일 수 없는 이 집에서 동이 트기 전에 달아나야만 하는지 확인해봐야 했어. 나는 황급히 서재로 돌아와서 다시 한 번 약을 만들어 마셨고 다시 한 번 무시무시한 소멸의 고통을 겪은 끝에 헨리 지킬의 성격과 체격, 얼굴을 가진 나 자신으로 돌아왔네."

잠시 동안은 모든 게 다 좋다. "나는 쾌락을 위해 그런 짓을 저지른 최초의 인간이었네. 세간의 눈앞에서는 온화하게 점잖을 차리며 걷다가, 한순간 어린애처럼 껍데기를 모두 벗어던지고 자유의 바다로 곤두박질할 수 있는 최초의 인간이었어. 하지만 누구도 꿰뚫을 수 없는 망토 덕에 나는 완벽하게 안전했어. 생각해봐. 난 심지어 존재조차 하지 않잖나! 그냥 실험실로 도망가서, 항상 대기시켜 놓는 약품을 섞어 마실 1, 2초의 시간만 있으면 충분해. 그럼 무슨 짓을 했든 간에 에드워드 하이드는 거울에 닿은 입김처럼 사라져버리고, 그 대신 서재에 조용히 앉아 한밤의 램프 심지를 다듬고 있을 사람은 세상의 어떤 의혹도 웃어넘길 수 있는 헨리 지킬이거든." 지킬이 양심을 잠재워놓고 하이드 씨로 경험하는 쾌락은 상세한 설명 없이 넘어간다. 점잖지는 않아도 더 심한 말을 붙일 필요는 없었던 지킬의 쾌락은 "에드워드 하이드의 손에 넘어가자 〔……〕 곧 끔찍한 방향으로 가기 시작했네. 〔……〕 나 자신의 영혼에서 불러냈고, 자기 좋을 대로 하라고 내보낸 이 낯익은 존재는 천성이 악랄하고 비열했어. 행동과 사고는 지극히 자기중심적이었고. 그는 짐승처럼 탐욕스럽게 온갖 종류의 고통을 타인에게 가했고, 거기서 기쁨을 들이켰네. 게다가 돌처럼 무자비하기까지 했지." 하이드의 가학성은 이렇게 확고해진다.

그리고 상황은 엉망이 되기 시작한다. 하이드에게서 지킬로 돌아가는 것이 점점 더 힘들어진다. 때로는 두 배의 약이 필요하고 한번은 목숨이 위험할 뻔하기도 하고, 세 배를 쓴 적도 있다. 한 번은 완전히 실패하기도 했다. 그러던 어느 날 아침 지킬은 광장에 있는 자기 집 자기 침대에서 일어났는데도 왠지 소호의 하이드 집에 있는 듯한 이상한 착각이 든다. 그는 미적미적 그 기분을 점검해보기 시작한다. "그렇게 생각에 빠져 있던 중, 좀 더 정신이 들었을 때 어쩌다 내 손을 내려다보게 됐지. 헨리 지킬의 손은 (자네도 종종 말했다시피) 모양과 크기 모두 전문가다운 손, 크고 강하고 잘생긴 하얀 손이었네. 그런데 지금 이불을 반쯤 덮은 채 런던의 늦은 아침 햇살 속에서 내려다보고 있는 손은 분명 가늘고 힘줄이 불거지고 마디진 데다 거무스레하고 시커먼 털까지 수북하게 나 있었어. 그건 에드워드 하이드의 손이었네. 〔……〕 바로 그거야, 잠자리에 들 때는 헨리 지킬이었는데, 에드워드 하이드로 깨어난 걸세." 그는 간신히 실험실까지 가서 지킬의 모습을 회복하지만, 무의식적 변신의 충격이 너무나 커서 이중생활을 그만두기로 결심한다. "그래. 나는 친구들에게 둘러싸이고 정직한 희망들을 품은, 불만에 찬 늙은 박사를 선택했어. 그리고 하이드로 변신해 누렸던 자유와 상대적 젊음, 가벼운 발걸음과 무모한 충동, 은밀한 쾌락에 단호히 작별을 고했지."

지킬은 두 달 동안 이 결심을 굳게 지키지만, 소호의 집이나 실험실에 준비되어 있는 하이드의 작은 옷들을 처분하지 않는다. 그러다가 그는 약해진다. "오랫동안 우리에 갇혀 있던 악한 본성은 포효하며 뛰쳐나와 버렸어. 약을 마시는 순간에마저 점점 더 억제되지 않고 광폭하게 날뛰는 악의 의지가 느껴졌네." 이런 격렬한 흥분 상태에서 댄버스 커루 경의 정중한 말에 분노한 그는 노신사를 살해한다. 그는 제정신이 아닌 황홀경에 휩싸여 그 육체를 미친 듯이 난타했고, 결국 차가운 공포의 전율이 안개를 흩트린다. "내 인생은 끝장이었지. 나는 그 잔학의 현장에서 도망쳤어. 우쭐하면서도 두려웠네. 악에 대한 갈망은 자극과 충족을 얻었고, 삶에 대한 애정도 최고조에 달했어. 나는 소호 집으로 달려가 (일을 단단히 매듭짓기 위해) 내 서류들을 파기한 다음, 밖으로 나와 가로등 켜진 거리를 쏘다녔어. 내 마음은 여전히 분열된 황홀경에서 벗어나지 못하고 있었네. 난 내가 저지른 범죄를 흡족하게 돌이켜보며 몽롱한 정신으로 향후의 악행을 궁리하면서도, 혹시나 누군가 복수하러 쫓아올까 봐 정신을 바짝 차리고 귀를 기울이며 걸음을 재촉했네. 하이드는 약을 조제하며 노래를 흥얼거렸고, 그걸 들이키며 죽은 자를 위해 건배했어. 변신의 고통도 그를 찢어놓지 못했지. 마침내 헨리 지킬이 감사와 후회의 눈물을 펑펑 흘리며 무릎을 꿇고 하느님께 깍지 낀 손을 들어 올렸네." 지킬은 자신의 문제가 해결된 걸 보고 희미한 기쁨까지 느끼며 다시는 지명수배 살인자 하이드의 모습을 하지 않겠다고 결심한다. 몇 달 동안 그는 모범적인 선행의 삶을 살지만, 여전히 이중의 목적에 시달리고 있었다. "오랫동안 제멋대로 살다 최근 꼼짝달싹 못하게 된 저열한 자아도 방종의 자유를 찾아 으르렁대기 시작" 했다. 다시는 하이드가 되는 위험을 무릅쓸 수 없는 그는 자기 자신의 모습으로 은밀한 악을 추구하기 시작한다. 그렇게 잠시 즐긴 악의 유람은 마침내 그의 영혼의 균형을 깨뜨리고 만다. 어느 날 리전트 공원에 앉아 있던 중, "현기증이 나를 덮치더니, 무시무시한 메스꺼움과 미칠 것 같은 오한이 밀려왔어. 증세는 금세 사라졌지만, 난 기절하고 말았네. 잠시 후 점차 정신이 돌아오기 시작했는데, 내 사고 기질의 변화가 느껴지기 시작했네. 난 훨씬 더 대담했고, 무모했고, 의무감도 눈 녹듯 사라졌어. 내려다봤더니, 옷은 쪼그라든 수족에 꼴사납게 늘어져 있고, 무릎에 놓인 손은 힘줄이 불거지고 털이 수북하더군. 또다시 에드워드 하이드가 된 거지. 조금 전만 해도 나는 만인의 사랑과 존경을 받는 부자이다, 집 식당엔 나를 위한 식탁이 준비되어 있었는데. 그런데 난 이제 교수대에 매달려야 할 악명 높은 살인자, 인류의 적으로 집도 없이 쫓기는 신세가 된 걸세." 하이드의 모습을 한 그는 집에도 돌아갈 수 없는 신세라, 래니언 박사의 편지에 적힌 대로 그의 도움을 청하는 임시방편에 기댈 수밖에 없게 된다.

이제 신속하게 결말이 다가온다. 바로 다음 날 자기 집 안뜰을 거닐던 중 그에게 다시 한 번 변신의 현기증이 덮치고, 제 모습으로 돌아오기 위해 그는 두 배의 약을 먹어야 했다. 6시간 후 다시 고통이 덮치고, 그는 다시 한 번 약을 먹어야 했다. 그때부터 그는 절대 안전하지 못했고. 지킬의 모습을 유지하기 위해서는 끊임없이 약물의 자극이 필요했다. (그러던 중 한 번은 안뜰 창가에서 엔필드와 어터슨과 함께 대화를 나누었고, 그 만남은 변신의 시작으로 갑자기 종결됐다.) "밤낮을 가리지 않고 변신을 예고하는 떨림이 나를 덮쳤지. 게다가 잠이 드는 건 물론, 의자에서 깜박 졸기만 해도, 늘 하이드가 되어서 깨어나는 걸세. 끊임없이 들이닥치는 이 저주로 인한 긴장과 스스로 자초한 불면의 형벌, 그것도 인간의 한계를 넘어선 불면으로 인해, 난 내 몸을 하고 있는데도 탈진과 고열에 시달렸어. 몸과 마음이 피폐해졌고, 머릿속에는 한 가지 생각, 나의 또 다른 자아에 대한 공포심밖에 없었지. 하지만 잠이 들거나 약효가 떨어질 때면, 변화되는 과정조차 거의 없이 (변신의 고통도 나날이 줄어들었네) 공포의 이미지들로 가득 찬 집착적 환상, 근거 없는 증오로 불타오르는 영혼, 끓어오르는 삶의 에너지에 비해 비루해 보이는 육체 속으로 내동댕이쳐졌네. 하이드의 힘은 지킬이 약해질수록 커져가는 것 같았어. 지금 이들을 나누고 있던 증오는 양편이 똑같았네. 지킬에게 증오는 생존 본능이었어. 이제 그는 자신과 의식 현상의 일부를 공유하고 있으며 죽음의 공동 상속자인 그놈의 흉측함을 있는 대로 다 봤으니까. 그런데 그를 가장 통렬히 괴롭히고 있는 이 공존 관계를 넘어서면, 그 넘치는 삶의 에너지에도 불구하고 하이드는 흉악할 뿐만 아니라 뭔가 무생물적인 존재라는 생각이 들었어. 그건 충격적이었지. 구덩이의 점액이 비명을 지르고 소리를 내다니, 무정형의 티끌이 손짓을 하고 죄를 짓다니, 죽어서 형체도 없는 것이 삶의 직무를 찬탈하다니 말일세. 게다가 밀려오는 그 공포는 그의 육신 속에 갇혀 있으니, 아내보다, 아니 눈보다 더 가깝게 달라붙지 있지 않은가. 그는 자신의 육신 속에서 놈이 투덜대는 소리를 듣고, 태어나려고 꿈틀대는 태동을 느꼈네. 놈은 그가 약해지거나 곤히 잠들 때마다 그를 지배하고 삶에서 물러나게 했네. 지킬을 향한 하이드의 증오는 차원이 달랐어. 그는 교수대가 두려워 부단히 일시적 자살을 저지르고 온전한 한 사람이 아닌 종속 상태로 회귀했지만, 그래야만 하는 상황을 증오했고, 현재 지킬의 무기력한 모습도 싫어했네. 자신에 대한 반감에도 분개했어. 그래서 놈은 원숭이 같은 장난으로 날 갖고 놀았네. 내 책에 내 글씨로 불경스런 소리들을 휘갈겨 놓고, 편지를 태우고, 아버지의 초상화를 난도질했지. 정말이지 죽음의 공포만 아니었다면, 놈은 공도동망을 위해 이미 오래전에 자해라도 저질렀을 거야. 하지만 삶에 대한 놈의 애착은 대단했어. 조금 더 나가볼까. 놈을 생각만 해도 메스껍고 몸서리가 쳐지는 나조차 그 비굴하고 열정적인 애착이나, 자살로 내가 자기를 떼어버릴 수 있다는 걸 그가 얼마나 두려워하는지를 떠올리면, 진심으로 불쌍한 마음이 들거든."

   마지막 참사는 약물의 성분인 특수소금 비축량이 떨어지면서 일어난다. 그는 소금을 새로 주문했지만, 첫 번째 색 변화만 일어났을 뿐, 두 번째 색 변화도, 변신도 일어나지 않는다. 풀은 약품을 새로 구하려는 절박한 시도를 어터슨에게 증언한다. "'저 서재 안에 있는 게 누군지는 모르겠지만, (변호사님께서 아셔야 되는 게) 지난 주 내내 밤낮을 가리지 않고 무슨 약을 구해 오라고 난리를 쳐댔는데 아직 제대로 된 걸 못 찾았습니다. 때로는 지시 사항을 쪽지에 적어 계단에 던져 놓기도 했어요. (주인님이 그러시거든요.) 이번 주엔 내내 쪽지만 받았습니다. 문은 늘 닫혀 있고, 음식을 가져다놓으면 아무도 보지 않는 틈을 타서 몰래 들여갔죠. 매일, 아니 하루에도 두 번이고 세 번이고 지시와 불평이 내려왔습니다. 저도 도시의 도매 약국이란 약국에는 다 득달같이 가봤죠. 하지만 물건을 구해 오기만 하면, 정제약이 아니라며 반품하고 다른 회사 제품을 구해 오라는 지시가 떨어지는 겁니다. 이유는 모르겠지만, 그 약

이 굉장히 절박하게 필요한 모양이더군요.'

'그 쪽지 중에 가지고 있는 게 있나?' 어터슨 씨가 물었다.

풀은 주머니를 뒤져 구겨진 종이 한 장을 꺼내주자, 변호사는 종이를 촛불 가까이 가져가 자세히 살펴보았다. 그 내용은 다음과 같았다. '지킬 박사가 모우사(社)에 인사드립니다. 최근 구입한 귀사의 견본이 정제약이 아닌 탓에 현재 목적에 전혀 부합하지 못하고 있습니다. 18××년 지킬 박사는 M사로부터 다량의 약품을 구입했습니다. 박사는 귀사가 최선을 다해 그 약품을 수배해주기를 부탁드립니다. 그리고 같은 품질의 약품이 있을 경우 즉시 박사에게 보내주시기 바랍니다. 비용은 상관없습니다. 이는 지킬 박사에게 말할 수 없이 중요한 문제입니다.' 편지는 여기까지는 차분하게 가다가 갑자기 필체가 내달리면서 필자의 감정이 폭발했다. '제발,' 그는 덧붙였다. '예전 약을 찾아내!'

'기이한 쪽지로군.' 어터슨 씨가 말하다가, 갑자기 날카롭게 덧붙였다. '그런데 자네가 어떻게 이걸 열어본 거지?'

'모우사 직원이 화를 버럭 내면서 무슨 더러운 것이라도 되는 양 제게 집어 던졌거든요.' 풀이 대답했다.

마침내 최초의 구입분이 정제품이 아니었으며 약물의 효과를 만들어낸 것이 알 수 없는 불순물이었다는 걸, 다시는 똑같은 약을 구할 수 없다는 걸 확신하게 된 지킬은 고백의 편지를 쓰기 시작하고, 일주일 뒤 마지막으로 남은 옛 분말의 효과에 의존해 편지를 마친다. "기적이 없다면, 헨리 지킬이 자기 머리로 생각하고 거울에서 자기 얼굴(이렇게 초췌하게 변하다니!)을 보는 것도 이게 마지막일 걸세." 그는 하이드가 불쑥 나타나 편지를 갈가리 찢어버릴까 봐 서둘러 마무리한다. "지금부터 30분 후, 내가 그 혐오스런 인격의 옷을 다시, 그리고 영원히 걸치게 될 때면, 나는 이 의자에 앉아 벌벌 떨며 흐느끼고 있을 걸세. 아니면 (지상에서 내 마지막 은신처인) 이 방을 왔다 갔다 하며 극도의 긴장과 두려움에 혼미해진 정신으로 온갖 위협의 소리에 귀를 기울이고 있을지도 모르지. 하이드가 교수대에서 죽을까? 아니면 마지막 순간 스스로를 해방시킬 용기를 낼까? 하느님만이 아시겠지. 난 상관 안 해. 지금이 내 진정한 죽음의 순간이니까. 앞으로 일어날 일은 내가 아니라 하이드의 문제야. 그러니 나는 여기서 펜을 내려놓고 이 고백의 편지를 봉인하며 불행한 헨리 지킬의 삶을 마감하고자 하네."

　스티븐슨의 마지막 순간에 대해 몇 마디하고 싶다. 지금쯤은 눈치 챘겠지만, 나는 책에 대해 이야기하면서 인간적으로 관심을 끌 내용들은 깊이 다루지 않는다. 브론스키의 말을 빌려 말하자면, 인간사에 대한 관심은 내 일이 아니다. 하지만 라틴어 경구에 따르면, 책에는 자기만의 운명이 있고 때로는 작가의 운명도 자신의 책의 운명을 따른다. 1910년 늙은 톨스토이는 가족을 버리고 방랑하다 안나 카레니나를 죽인 기차들이 덜커덩거리며 지나가는 소리를 들으며 기차 역장실에서 사망했다. 1894년 사모아 섬에서 사망한 스티븐슨의 마지막 순간도 그가 쓴 판타지에 담긴 와인과 변신 주제와 어딘가 기이하게 닮아 있다. 스티븐슨은 지하실에서 좋아하는 부르고뉴 와인을 한 병 가지고 와서 부엌에서 병을 땄다. 그리고는 갑자기 소리쳐 아내를 불렀다. 무슨 일이지, 이 이상한 느낌은 뭐지? 내 얼굴이 변했나? 그리고 그는 바닥에 쓰러졌다. 뇌에서 혈관이 터졌고, 그는 몇 시간 후 사망했다.

뭐지, 내 얼굴이 변했나? 스티븐슨의 삶의 이 마지막 일화와 그가 쓴 경이로운 책에서 일어나는 치명적인 변화 사이에는 기이한 주제적 연관성이 있다.

빅토리아 시대가
낳은 보편적 우화

권진아(서울대학교 교수)

스티븐슨의 유명한 소설이 출발된 지 한 세기가 지난 지금, 지킬 박사/
하이드 씨는 프랑켄슈타인이나 드라큘라, 심지어 ("이상한 나라의")
앨리스 등의 신화적 인물들과 마찬가지로 자율적 창조물이 되었다.
다시 말하자면, 작품을 읽지 않은 사람들—사실 "책을 전혀 읽지" 않
는 사람들—도 대중문화를 통해 지킬-하이드가 누군지 알고 있다.

_조이스 캐롤 오츠

로버트 루이스 스티븐슨은 1850년 11월 13일 스코틀랜드 에든
버러의 부유한 등대기술자 집안에서 태어났다. 모계에서 물려
받은 허약한 폐와 이에 맞지 않는 스코틀랜드의 음산한 기후로
인해 그는 어린 시절부터 늘 병치레에 시달렸고, 건강상의 이
유로 대학 입학 전까지는 학교도 꾸준하게 다니지 못했다. 홀

로 있는 시간이 많을 수밖에 없었던 어린 스티븐슨은 이야기 창작을 즐기는 소년으로 자라났고, 가업을 이어 등대기술자가 될 것이라는 집안의 당연한 기대를 저버리고 결국 작가의 길을 택하게 된다. 공학 공부를 그만두고 본격적으로 작가로서의 경험을 쌓아나가기 시작하던 에든버러 대학 재학 시절 그는 스코틀랜드와 프랑스 곳곳을 여행하며 경험의 폭과 시각을 넓혔고, 이 경험들은 훗날의 여행기와 모험과 탐험의 이야기들의 자양분이 된다. 개인적으로나 작가로서나 그의 인생에서 가장 중요한 인물로 등장하는 아내 패니 반 드 그리프트 오즈번을 만난 것도 프랑스 여행 중의 일이었다. 결혼생활에 충실하지 않은 남편과 별거 중이던 두 아이의 어머니이자 자신보다 열 살 연상인 미국인 패니에게 빠진 스티븐슨은 샌프란시스코로 돌아간 그녀의 뒤를 좇아 병약한 몸을 이끌고 대서양과 미대륙을 횡단하다 건강이 급격히 악화되는 바람에 사경을 헤매는 지경까지 간다. 하지만 무모하다시피 한 그의 열렬한 구애는 결국 보답을 받고, 1880년 스티븐슨은 남편과 이혼한 패니와 캘리포니아에서 결혼식을 올린다. 스티븐슨의 사후 그의 사촌 그레이엄 발포가 쓴 공식 전기에 그려진 낭만화된 작가의 초상, 즉 병고를 이겨내며 인간의 본성과 모험과 탐험에 관한 걸작들을 탄생시킨 천재 작가 스티븐슨과 그에게 헌신적 내조와 조언을 아끼지 않은 아내 패니, 아동문학의 명작 《보물섬》의 창작의 동인이자 때로는 공저자로서 창작을 직접적으로 조력한 양아들 로이드의 동행은 그렇게 시작된다.

마크 트웨인, 존 골즈워디, 아서 코넌 도일, 윌리엄 골딩, J. M. 배리 등 당대의 걸출한 이야기꾼들도 인정했던 이야기꾼인 스티븐슨의 작품들 중에서도 최고의 역작으로 꼽히는 《지킬 박사와 하이드 씨》는 절묘하게도 스티븐슨이 꾼 꿈에서 시작되었다. 어느 날 밤 한 남자가 흰 가루를 먹고 변신하는 장면을 꿈에서 본 스티븐슨은 그다음 날 바로 이를 단편으로 완성하지만, 그저 흔한 고딕공포물처럼 보인다는 패니의 부정적 평가를 듣고 초고를 완전히 불태운 후 사흘 만에 새로 써서 현재의 버전을 완성시킨다. 그 결과물이 고딕공포물이면서도 도덕적 알레고리이자 심리스릴러인 현재의 《지킬 박사와 하이드 씨》이다.

불태워버린 초고의 모습이 어땠는지는 알 길이 없지만, 악마와도 같은 사나이가 퍼뜨리는 공포와 그가 저지르는 악행에 대해 이야기하는 이 이야기에는 의아스러울 정도로 범죄의 생생한 묘사가 거의 등장하지 않는다. 또한 나보코프가 적절하게 지적하고 있듯이, 이야기를 독자들에게 들려주는 화자들 역시 감정적으로 동요하는 법이 거의 없는 점잖은 신사들이다. 지킬의 진실은 엔필드와 어터슨, 래니언의 절제된 이야기를 통해 조금씩 조금씩 맞춰진 퍼즐 조각들이 지킬의 최후의 진술을 통해 하나의 그림으로 완성되면서 완전히 드러난다. 하지만, 그때조차도 과연 지킬이 하이드의 가면을 쓰고 어떤 짓들을 저지르고 다녔는지에 대해 새로이 드러나는 사실은 없다. 소녀를 짓밟는 하이드에게서 성적인 암시를 읽는다거나, 지킬의 꽁꽁 감춰진 비밀이 당대의 강한 터부였던 동성애를 가리키지 않을까 하는 해석들은 범죄에 대한 독자들의 작품 외적 지식에 근거한 추측일 뿐, 작품 내에서 주어지는 실마리라곤 "점잖지 않은 재미"라는 지킬의 말뿐이다. 《지킬 박사와 하이드 씨》가 출간된 1886년 당시 타블로이드에서 가져온 범죄와 치정을 소재로, 머리보다는 말초신경에 호소하는 센세이션 소설(sensation novel)들이 한참 인기를 끌고 있었다는 사실을 생각하면, 스티븐슨의 이러한 선택은 얄팍한 인기에 영합하는 선정주의를 피하려는 의도임이 명백해 보인다.

그럼에도 불구하고 《지킬 박사와 하이드 씨》는 즉시 엄청난 대중적 성공을 거뒀다. 이야기 속에 그려진 선과 악의 갈등은 당시 설교의 인기 소재가 되어 귀에 못이 박히도록 인용됐다. 책은 출간 6개월 만에 영국에서 4만 부, 그의 공식 전기가 나온 1901년까지 미국에서 25만 부가 판매되면서 《보물섬》의 성공으로 이미 베스트셀러 작가의 반열에 올라있던 스티븐슨의 명성을 더욱 공고하게 만들었다. 타 장르로의 각색도 발 빠르게 이루어졌다. 이야기의 대중적 호소력을 알아본 제작자들은 즉시 연극 판권을 확보했고, 놀랍게도 소설이 나온 바로 다음해 (현재까지도 뮤지컬을 포함하여 대부분의 각색물들의 기본 토대를 이루는) T. R. 설리번 개작 가족 멜로드라마 플롯으로 미국의 보스턴 뮤지엄 극장에서, 그 다음해에는 런던 리세움 극장에서 연극으로 올려졌다. 1908년에는 무성영화 버전이 등장했고, 가장 유명한 1931년도 영화 버전은 악당이라기보다 원시인 내지 짐승처럼 변화하는 지킬-하이드의 변신 장면을 열연한 주연배우 프레드릭 마치에게 아카데미 주연상을 안겼다. 여기에 스티븐슨의 원작에서는 거의 등장하지 않는 여성들을 주인공으로 이야기를 다시 쓴 발레리 마틴의 〈메리 라일리〉(1990)나 엠마 테넌트의 〈런던의 두 여인〉(2011) 등의 개작물, 이중생활/인격이라는 동일 모티프에 바탕을 둔 코믹스 〈헐크〉나 브렛 이스턴 엘리스의 〈어메리칸 사이코〉(1991), 우리나라에서도 크게 인기를 끈 뮤지컬 버전 등을 따라와 보면 장르와 시대를 넘나들며 《지킬 박사와 하이드 씨》가 대중문화에 미친 지속적이며 거대한 파급력과 이를 가능케 한 보편적 호소력을 절감할 수 있다. 프로이트의 저작 《문명과 불만》(1930)이 나오기도 훨씬 전에 이미 스티븐슨은 도덕과 법의 금제를 벗어난 자유를 향한 '본능적'인 욕구와 문명의 '본능적'인 억압을 탁월하게 그려냈고, 그 보편적 호소력으로 인해 소설가 조이스 캐롤 오츠의 말대로 원작과는 별개로 자기만의 생명력을 지닌 인물이자 추상적 개념이 된 것이다.

하지만 《지킬 박사와 하이드 씨》가 당대 독자들에게 즉각적인 호소력을 가진 한 이유는 무엇보다도 지킬/하이드가 보여주는 이중성이 빅토리아 시대의 핵심을 찌르고 있었기 때문이다. 빅토리아 여왕의 재임기를 일컫는 빅토리아 시대(1837~1901)

는 한마디로 모순의 시대였다. 산업혁명으로 급속한 발전과 번영을 구가했지만, 그 이면에는 엄청난 계급차와 착취가 존재했다. 하루 12시간의 노동에 시달리며 절대 빈곤에 시달리는 런던 이스트엔드의 슬럼가와 제국 경영을 통해 전 세계로부터 쏟아져 들어오는 화려한 부가 공존했다. 빅토리아 시대라는 용어에는 많은 것이 함축되어 있지만, 무엇보다 이 시대를 특징짓는 것은 높고 엄격한 도덕적 기준이었다. 그 핵심은 중산층 도덕의 근간을 이루는 성적 억압, 범죄에 대한 무조건적 비난, 근엄한 태도이다. 하지만 점잖음과 매춘이, 자비와 착취가 공공연히 공존하는 사회에서 이러한 도덕적 원칙은 필히 위선으로 귀결될 수밖에 없었다. 내면의 모순과 억압이 심할수록 품위 있고 점잖은 외관을 지키는 것이 무엇보다 중요해지며, 위선/내숭(prudery)의 가면이 벗겨지는 것이야말로 빅토리아인들이 가장 두려워할 만한 사건이다. 포우의 《윌리엄 윌슨》(1839), 오스카 와일드의 《도리언 그레이의 초상》(1890), 스티븐슨 자신의 〈디콘 브로디〉(1879)와 〈마크하임〉(1884년 집필) 등 이 시기에 인간 내면의 선과 악의 갈등과 이중성의 주제를 다룬 작품들이 유독 많이 등장한 것은 이러한 도덕적 분위기와 무관하지 않다. 공식 전기의 저자 그레이엄 발포가 적절하게 지적하고 있듯이, 이 작품의 성공을 만들어낸 것은 대중들이 작품의 예술성을 알아봤기 때문이라기보다는 이 이야기가 빅토리아 시대 "대중들의 도덕적 본능"에 호소했기 때문이었다.

사실 내 최악의 흠이라고 해봤자 조금 억누르기 힘든 방탕한 기질 정도였어. 많은 사람들이 그런 행복을 추구하며 살지만, 내 경우엔 사람들 앞에서 머리를 꼿꼿이 들고 지극히 근엄한 표정을 짓고자 하는 오만한 욕망과 이를 화해시키기 힘들었네. 그러다보니 이런 쾌락을 숨기게 되었고, 성찰의 나이에 도달해 주위를 둘러보고 내 세속적 성취와 지위를 검토해보기 시작했을 무렵에는 이미 심각한 이중생활에 빠져 있었지. 〔……〕인간의 두 가지 본성을 구분하고 합하는 선과 악의 영역 사이에 놓인 골은 내 마음속에서 대다수 사람들과는 비교도 안 되게 깊이 패여 있었네. 〔……〕심각한 표리부동에도 불구하고 나는 결코 위선자는 아니었어. 내 양면은 모두 극도로 진지했거든. 자제심을 버리고 치욕 속으로 뛰어드는 나 또한, 지식을 증진시키거나 슬픔과 고통을 덜어주기 위해 노력하는 밝은 대낮의 나만큼이나 내 본연의 모습이었네.

"스스로 정해 놓은 높은 기대"로 조그만 일탈에도 지나치게 괴로워하는 지킬은 깊어져가는 내면적 모순의 골을 자기 안의 선과 악을 완전히 분리함으로써 극복하고자 했다고 자신의 실험을 정당화한다. 하지만 나보코프와 많은 평자들이 지적하고 있듯이, 그리고 지킬과 하이드를 각각 선과 악의 상징으로 보는 흔한 오해와는 달리, 그 둘은 선과 악으로 깔끔하게 구분된 존재가 아니다. 지킬은 여전히 선과 악의 양면을 다 지니고 죄의식에 떨며 위선의 무게를 지고 있는 전형적인 빅토리아인일 뿐이다. 그래서 "결국 죄가 있는 건 하이드, 오직 하이드뿐"이라는 자기기만으로 죄의식을 벗어버리고, 누구에게도 발각될 수 없는 완벽한 가면 뒤에서 "지위의 의무감에서 벗어나 이 기이한 해방감"을 즐기고 싶은 지킬의 욕망은 위선의 외관을 완벽하게 사수하고자 하는 빅토리아 시대 사람들의 욕망을 대변한다.

흥미로운 것은 위선의 가면이 벗겨지고 점잖은 외관 뒤에 숨겨져 있던 추악한 내면이 폭로되는 것에 대한 두려움이 큰 만큼, 그 위선의 가면을 무너뜨리고 폭로하는 주체가 되는 것 또한 말할 수 없이 두렵고 불편하고 차마 감당할 수 없는 일처럼 그려지는 것이다. 지킬의 비밀을 목격한 래니언은 친구에게마저 털어놓지 못하고 그 비밀을 봉인한 봉투에 꽁꽁 싸놓고 죽음을 맞는다. 지킬 본인의 최후의 진술도 오로지 믿을 수 있는 친구 어터슨에게만 털어놓는 사적인 편지의 형식으로 주어진다. 아마도 어터슨은 래니언과 마찬가지로 죽음의 순간까지 친구의 비밀을 지킬 것이다. 편지까지 위조해가며 살인자 하이드를 숨겨주려 하는 친구 지킬의 행동에 경악하면서도 이를 묵인하고 오히려 이후 지킬의 변화로 댄버스 경의 죽음도 어느 정도 보상받았을 거라며 자신의 행동을 정당화하는 변호사 어터슨의 모습 또한 공적 차원의 정의보다 위선의 가면을 더 중히 여기는 빅토리아 시대인의 또 다른 모습이 아닐까?

로버트 루이스 스티븐슨
연보

11월 13일 스코틀랜드 에든버러 하워드 플 **1850**
레이스 8번지에서 등대기술자인 아버지 토
머스 스티븐슨과 어머니 마거릿 이사벨라(처녀 시
절 성은 발포) 사이에서 외동아들로 태어남.
세례식 당시 이름은 로버트 루이스 발포 스
티븐슨(Robert Lewis Balfour Stevenson)이었으
나, 8세 때 이름의 철자를 'Louis'로 바꾸고
1873년에는 어머니 성인 발포도 이름에서
떼어냄. 모계에서 물려받은 허약한 폐와 음
울한 스코틀랜드의 기후로 인해 병약한 어
린 시절을 보냄.

헨더슨 스쿨에 입학하지만 건강 문제로 몇 **1857**
주 만에 학교를 그만둠. 1859년 10월, 다시
복귀.

에든버러 아카데미 입학. 잦은 병치레로 인 **1861**
해 학교생활은 여전히 원활하지 않아 개인
교사를 두고 공부함.

가을 웨스트 런던 미들섹스의 이즐워스의 한 기숙학교에서 한 학기 수학.	1863
건강 상태가 좋아져 에든버러로 돌아와 톰슨 사립학교에 입학.	1864
《펜트랜드 반란: 1666년 역사의 한 장》이라는 책을 아버지가 자비로 출간. 한때 취미로 글을 쓰기도 했던 스티븐슨의 아버지는 아들이 쓴 이야기를 자랑스럽게 여겼음.	1866
11월, 가업인 등대기술자가 되기 위해 에든버러 대학에 입학. 하지만 공학 공부 대신 토론 클럽에 들어가 훗날 그의 재정 담당이 되는 찰스 백스터, 훗날 그의 전기 집필자가 되는 플리밍 젠킨 교수와 우정을 쌓음. 이 시기 방학마다 친척들이 설계한 등대들이 있는 오크니와 쉐트랜드의 섬들, 앤스투르서, 위크 등을 두루 여행함.	1867
4월, 작가로 살겠다는 선언을 담은 편지를 아버지에게 보내고 전공을 법학으로 바꿈. 무신론자가 되어 독실한 장로교였던 부모에게 큰 실망을 줌.	1871
스코틀랜드 변호사 예비시험 합격.	1872
영국의 사촌을 방문하러 갔다가 아들 하나를 두고 남편과 별거 중인 34세의 패니 시트웰을 만나 잠시 연정을 품음. 이때 스티븐슨의 문학적 조언자가 되고 사후 스티븐슨 편지 모음집을 내게 되는 시드니 콜빈과도 처음으로 만남. 콜빈을 통해 최초로 원고료를 받고 《더 포트폴리오》에 에세이 〈길〉을 게재하고, 런던 문단에서 활동 시작. 11월, 폐결핵으로 건강이 악화되어 프랑스 망통으	1873

로 휴양을 떠남.

4월, 휴양지에서 돌아와 공부를 재개. 프랑 **1874**
스로 여러 차례 여행.

7월, 변호사 시험을 통과하지만, 변호사 활 **1875**
동은 하지 않음.《콘힐 매거진》의 편집자 레
슬리 스티븐의 소개로 에든버러 병원에서
다리 치료를 받고 있던 윌리엄 어니스트 헨
리를 만남. 한쪽 다리를 잃은 헨리는《보물
섬》의 등장인물 롱 존 실버의 모델로 알려
짐. 이후 두 사람은《디콘 브로디》등 4편의
희곡을 함께 쓰지만 성공작은 없음.

9월, 토론 클럽 멤버였던 월터 심슨 경과 프 **1876**
랑스로 카누 여행을 떠나고 이 여행 경험을
바탕으로《내륙 여행》을 씀. 이곳에서 장차
아내가 될 열 살 연상의 미국인 유부녀 패니
반 드 그리프트 오즈번과 만남.

8월, 패니가 샌프란시스코로 돌아감. 벨기에 **1878**　《내륙 여행》
앤트워프에서 파리 북부 퐁트와즈까지의 여
행 경험을 바탕으로 한 여행 에세이집《내륙
여행》출간. 스티븐슨의 첫 번째 저작.

프랑스 세벤의 산악 지대를 홀로 2주간 여 **1879**　《당나귀와 함께
행한 경험에 토대를 둔 여행 에세이집《당 　한 세벤 여행》
나귀와 함께 한 세벤 여행》출간. 8월, 패니
오즈번을 만나기 위해(작가로서의 경험도 얻고
돈도 아낄 겸) 데보니아 호 이등실 표를 사서
뉴욕으로 감. 이 여행 경험을 바탕으로《아
마추어 이민자》를 씀. 뉴욕에서 샌프란시스
코로 가는 기차 여행 도중 몬테레이에서 건
강이 악화되어 사경을 헤맴. 12월, 샌프란
시스코로 여행을 계속할 수 있을 정도로 건

강을 회복하지만, 극도로 궁핍한 생활로 인해 겨울이 끝날 무렵 다시 심각하게 상태가 악화됨. 남편과 이혼한 패니 오즈번이 와서 그를 돌봐줌.

5월, 페니 오즈번과 결혼. 패니와 양아들 로이드와 함께 캘리포니아 나파밸리의 폐쇄된 은광에서 3주 동안 신혼여행을 하고 함께 귀국. 이 여행 경험을 바탕으로 《실버라도의 정착민들》을 집필.	1880	
1876년에서 1879년까지 각종 잡지에 실은 글들을 모은 에세이집 《버지니부스 푸에리스크》 출간. 《보물섬》 연재 시작.	1881	《버지니부스 푸에리스크》
에세이집 《인간과 책에 관한 낯익은 연구》 출간. 어린 시절 즐겨 읽었던 《천일야화》에서 영감을 얻은 첫 단편집 《신(新)천일야화》 출간.	1882	《인간과 책에 관한 낯익은 연구》 《신천일야화》
여행 에세이집 《실버라도의 정착민들》 출간. 양아들 로이드를 위해 해적들이 등장하는 모험담을 쓰기 시작하여 잡지 《영포크스》에 1881년 10월에서 1882년 1월까지 연재했던 《보물섬》이 단행본으로 출간, 상업적 성공과 더불어 작가로서 명성을 얻음. 원제는 《바다의 요리사, 혹은 보물섬: 소년들을 위한 이야기》였으나 편집자의 뜻에 따라 제목을 바꿈.	1883	《실버라도의 정착민들》
가상의 독일 왕국 그뤼발트에서 벌어지는 액션 로맨스물 《오토 왕자》 출간. 아내 패니 반 드 그리프트 스티븐슨과 공저로 두 번째 단편집 《신천일야화: 위험분자》 출간. 어린 시절의 유모 앨리슨 커닝햄에게 헌정한 시	1885	《오토 왕자》 《신천일야화: 위험분자》 《어린이의 시정원》

집《어린이의 시 정원》 출간.

| | 1886 | 《지킬 박사와 하이드 씨》 출간. 스코틀랜드 하이랜드를 배경으로 소년 데이비드 발포의 모험을 그린 역사소설《납치》 출간. | 《지킬 박사와 하이드 씨》
《납치》 |

《지킬 박사와 하이드 씨》 출간. 스코틀랜드 하이랜드를 배경으로 소년 데이비드 발포의 모험을 그린 역사소설《납치》 출간.

1886

《지킬 박사와 하이드 씨》
《납치》

아버지 토머스 스티븐슨 별세. 어머니와 가족들을 데리고 콜로라도로 떠남. 9월 7일 뉴욕에 도착, 사라나크 호수에서 글을 쓰며 겨울을 보내면서 이듬해 떠날 남태평양 여행을 계획. 세 번째 단편집《명랑한 사람들》 출간. 에세이집《기억과 초상들》, 시집《덤불》 출간.

1887

《명랑한 사람들》
《기억과 초상들》
《덤불》

요트 카스코 호를 전세 내어 가족들과 함께 남태평양 여행을 시작. 하와이 제도에 머무는 동안 칼라카우아 왕과 친구가 되고, 길버트 제도, 타히티, 뉴질랜드, 사모아 섬 등을 유람함. 장미전쟁 중 벌어진 로맨스를 다룬 《검은 화살: 장미 두 송이의 이야기》 출간.

1888

《검은 화살: 장미 두 송이의 이야기》

스코틀랜드와 미국, 인도를 배경으로 한 복수 이야기《밸런트래 경》 출간. 로이드 오즈번과 공저로 코믹 소설《잘못된 상자》 출간. 무역선 이쿼이터 호를 타고 로이드와 함께 호놀룰루를 출발, 두 번째 남태평양 여행을 떠남.

1889

《밸런트래 경》
《잘못된 상자》

4월, 재닛 니콜리 호를 타고 시드니로 출발, 세 번째이자 마지막 남태평양 여행. 사모아 제도의 섬 우폴루의 바일리마 마을에 400에 이커의 땅을 구입하여 정착하고 이해심과 포용력으로 원주민들의 신뢰를 얻음. 사모아어로 '이야기하는 사람'을 의미하는 "투지탈라"라고 불림.

1890

시집 《발라드》 출간.

로이드 오즈번과 공저로 남태평양을 배경으로 한 코믹 모험물 《난파선 약탈자》 출간. 뉴욕에서 샌프란시스코까지의 기차 여행을 소재로 한 여행기 《대륙횡단》 출간. 사모아의 내전과 정치적 격변, 유럽의 무능한 식민지배에 대한 항의를 담은 《역사에 대한 각주: 사모아의 격동의 8년》 출간.

《납치》의 후속편인 《캐트리오나》 출간(미국판 제목은 《데이비드 발포》). 네 번째 단편집 《남태평양 섬 이야기들》 출간.

로이드 오즈번과 공저한 《썰물》 출간. 12월 3일, 사모아 섬 자택에서 사망. 그를 숭배하던 사모아 섬의 추장 40명이 바에아 산 정상까지 관을 운구하여 바다를 바라보는 자리에 매장하고 추모비를 세움. 묘비에 새겨진 문구는 번안되어 사모아에서 애도가로 불림.

유럽에서 뉴욕까지 항해를 소재로 한 여행기 《아마추어 이주민》 출간. 1890년에서 1894년 사이 시드니 콜빈에게 보낸 편지들을 모은 《바일리마 편지》 출간.

스티븐슨이 자신의 최고작이 될 것이라고 생각했던 《허미스턴의 둑》이 미완성 유작으로 출간. 다섯 번째 단편집 《우화》 출간. 시집 《여행 노래》, 남태평양 여행 중에 쓴 글들을 모은 에세이집 《남태평양에서》 출간.

미완성 유작인 《생 이브: 프랑스인 죄수의 영국 모험담》을 아서 퀼러-카우치가 완성하여 출간.

1891	《발라드》
1892	《난파선 약탈자》 《대륙횡단》 《역사에 대한 각주: 사모아의 격동의 8년》
1893	《캐트리오나》 《남태평양 섬 이야기들》
1894	《썰물》
1895	《아마추어 이주민》 《바일리마 편지》
1896	《허미스턴의 둑》 《우화》 《여행 노래》 《남태평양에서》
1897	《생 이브: 프랑스인 죄수의 영국 모험담》

스티븐슨의 사촌 그레이엄 발포가 쓴 두 권 **1901**
짜리 공식전기 《스티븐슨의 생애》 출간. 원
래 시드니 콜빈이 공식 전기를 쓰려고 했지
만 패니의 반대로 저자가 바뀜.

미완성, 미출간 작 《털트렁크 혹은 이상적 **2014** 《털트렁크 혹은 이
연방》(1877)을 로저 G. 스웨어링건이 편집 상적 연방: 광상곡》
하고 서문을 붙여 주석판 《털트렁크 혹은
이상적 연방: 광상곡》으로 출간.

옮긴이 **권진아**

서울대학교에서 영문학을 전공하고 동 대학원에서 〈근대 유토피아 픽션 연구〉로 박사학위를 받았다. 현재 서울대학교 기초교육원 강의 교수로 재직하고 있다. 옮긴 책으로는 조지 오웰의 《1984년》《동물농장》, 어니스트 헤밍웨이의 《태양은 다시 떠오른다》, 해리엇 비처 스토의 《톰 아저씨의 오두막》, 더글러스 애덤스 《은하수를 여행하는 히치하이커를 위한 안내서》(공역) 등이 있다.

세계문학의 숲 047

지킬 박사와 하이드 씨

2015년 11월 30일 초판 1쇄 인쇄
2015년 12월 6일 초판 1쇄 발행

지은이 | 로버트 루이스 스티븐슨
옮긴이 | 권진아
발행인 | 이원주

발행처 | (주)시공사
출판등록 | 1989년 5월 10일(제3-248호)

주소 | 서울특별시 서초구 사임당로 82(우편번호 137-879)
전화 | 편집 (02)2046-2869·영업 (02)2046-2800
팩스 | 편집 (02)585-1755·영업 (02)588-0835
홈페이지 | www.sigongsa.com
세계문학의 숲 홈페이지 | www.sigongclassic.com

ISBN 978-89-527-7526-9(04840)
     978-89-527-5961-0(set)

고 전 의 경 계 를 넘 어 내 일 을 여 는 문 학

시공사 세계문학의 숲은 계속 출간됩니다.